小宝贝上学去系列

天底下
最好玩
的游戏

秦爱梅　著

作家出版社

图书在版编目（CIP）数据

天底下最好玩的游戏 / 秦爱梅 著. -- 北京 ： 作家出版社，2013.4
（小宝贝，上学去系列）
ISBN 978-7-5063-6518-5

Ⅰ. ①天… Ⅱ. ①秦… Ⅲ. ①故事课 – 学前教育 – 教学参考资料 Ⅳ. ① G613.3

中国版本图书馆 CIP 数据核字（2012）第 165433 号

天底下最好玩的游戏

作　　者：	秦爱梅
责任编辑：	田小爽
装帧设计：	张晓光
插图作者：	米海兵
出版发行：	作家出版社

社　　址：北京农展馆南里 10 号　　　邮　　编：100125

电话传真：86-10-65930756（出版发行部）
　　　　　86-10-65004079（总编室）
　　　　　86-10-65015116（邮购部）

E-mail:zuojia@zuojia.net.cn

http://www.haozuojia.com（作家在线）

印　　刷：北京明月印务有限责任公司

成品尺寸：145×198

印　　张：5.5

版　　次：2013年4月第1版

印　　次：2013年4月第1次印刷

ISBN 978-7-5063-6518-5

定　　价：19.00元

温情感悟幼儿成长

谭旭东
著名儿童文学家、评论家

秦爱梅老师在学校工作，很关爱孩子，对教育事业有着发自内心的热爱，而且她也很喜欢写作，出版了不少童书，很受小读者喜爱。

勤奋创作是作家使命感的充分体现。作品是作家的生命线。秦爱梅在短短一年半的写作时间内，找到了适合自己的写作点——儿童文学，把工作以外的精力凝固在作品之中。从这个意义上讲，秦爱梅是值得敬佩的作家。后生可畏。我为当代中国青年作家中出现秦爱梅这样的作家而无限欣喜。

"小宝贝，上学去"系列包括《蓝宝石的来历》、《天大的秘密》和《天底下最好玩的游戏》三本，从不同的生活层面反映了幼儿园孩子的生活，对幼儿生命有着生动活泼的描绘和表现，语言清新纯美，洋溢着童心和爱心，做爸爸妈妈的读者会从中受到很多启发，做幼儿老师的更是可以把它们视作教育读本。而对幼儿来说，这个系列也是亲子阅读的好材料，是早期语言启蒙的好书。

"小宝贝，上学去"的视角很有意思，都是从"小丫"的角度来讲述小孩子的生活、游戏和活动，用小孩子的语言，来表现小孩子们单纯的内心。文中，小丫的班主任果子老师是一位性格温和、很有耐心和智慧的老师，是一位了解童心，也有教育方法的好老师。从果子老师的身上，我们也看到了作家秦爱梅的原型，感受到了作家内心对孩子世界的热爱。

这套系列故事里，塑造了一系列有趣的幼儿形象，如小女孩"小丫"，她古灵精怪、聪明伶俐，看似文静，实际上满脑子稀奇古怪的想法，调皮起来跟"小土帽"比一点儿也不差。有一次她竟然怀疑她妈妈是外婆从外国捡来的。还有小男孩"小土帽"，他被认为是"超级调皮小子"，爱臭屁，是一个让人既喜欢又头疼的小家伙。在作家的笔下，"小土帽"是一个"快乐幸运星"类的角色：每天有他在身边，保准你笑口常开，如果你的身边少了他，你会觉得像是吃了忘记放盐的食物，淡而无味。故事里，还有"胖丫"、"小呆瓜"和"小丫妈妈"等幼儿和大人的角色，他们都给读者深刻的印象，带读者走进快乐的儿童世界。

现在儿童读物市场很大，很多作家都在写小学生生活故事，都在写动物小说、成长小说和青春文学，很少有作家能够潜心地为幼儿写故事。过去，郑春华写过《大头儿子和小头爸爸》，因为很原生态，而且能够准确把握幼儿的心理，呈现幼儿的生活，很受读者欢迎，也为她赢得了很多声誉。现在秦爱梅来专心为幼儿写作，是非常值得肯定和支持的。幼儿园的孩子，需要儿歌、童谣、幼儿散文和童话，还需要生活故事，尤其是启迪幼儿生活智慧，对幼儿行为和性格养成有引导性的故事，是非常需要的。"小宝贝，上学去"系列用日记体的方式，给幼儿故事的写作提供了一个成功的样本，相信很多作家也会学习借鉴。同时，它们的语言清新纯净中又显趣味幽默，因此也值得儿童文学作家学习。

最后想说的是，"小宝贝，上学去"系列里还安排了一些有趣的亲子游戏和活动，这些对幼儿的家长和幼儿园的老师无疑是一种教材。亲子教育是一门大学问，很多家长都把幼儿的教育完全寄托给幼儿园的老师是不对的，因此，书中的很多关于家长和亲子游戏的内容，最值得家长们用心感悟。

总之，"小宝贝，上学去"系列让我们对幼儿故事的创作有了更多更美的期待，也让我们感受到了任何一位有爱心的人都可以从成长的生命那里得到人生最高的智慧，也能找到人生最初的快乐！从这一点来看，秦爱梅是一位了不起的作家，她用爱心，用智慧，用饱含情感的文字，给我们展示了一个纯净的童心世界！

2012年初夏于北京西山之麓

序言二

一朵花的绽放

吉忠兰

2010年《中国教育报》"推动读书十大人物"提名奖获得者

　　早些时候，我在QQ里对秦爱梅说，什么时候出新书，我要啰嗦几句。她欣然同意。我之所以提这样的要求，是因为，我和秦爱梅的关系相当"复杂"。

　　我们是同行。她在幼儿园，我在小学。几年前，我们的工作单位在一条东西走向的马路两侧，相距不过一公里。她，曾是我的学生家长，当然是家长中最有"慧根"的一个，"家长读书会"后，写过洋洋几千字的感想；我，也曾经是她的学生家长，一个热衷于儿童阅读推广的家长。我们是书友。自2007年一同去扬州参加"'亲近母语'早期儿童阅读论坛"，见到"花婆婆"——方素珍后，秦爱梅经常到我家借书、聊书，我们两家正好住在一条南北走向的水泥路两边，相距不超过两公里。我们同为追梦人。2009年的夏天，我们带着孩子，乘坐同一列动车，去金华参加"童诗年会"，2010年暑假，又相约"海门童诗年会"。就是在这样的盛会上，秦爱梅遇到了蒋风、圣野、金波、安武林等儿童文学大家。现在，我是她的读者，每有新书，我总能先睹为快。

秦爱梅是勤奋的，短短几年，笔耕不辍，写出了几十万字的儿童文学作品。在最初的癫狂的日子里，我可以想象，她如何通宵达旦地阅读，做读书摘记；哪怕是半夜灵感降临，她都会爬起来在小本子上记录，那间斗室，见证了她辛勤付出的点滴。她的《小丫，快跑——HAPPY小丫成长日记》等书在我们班传阅，孩子们非常喜欢。

秦爱梅是擅长创新的。无论是《我的第一本心理日记》，还是这套"小宝贝，上学去"在形式上都是新颖的。在这套书里，有趣的日记体故事，加上"小丫问"和"亲子乐园"，孩子们一定会流连其间，乐此不疲。她的语言活泼、俏皮，充满生活气息。大概是长期和那些天真烂漫的小不点儿在一起，她也被浸染得纯真和无比可爱。她就是落入凡间的天使，陪伴在孩子们左右，给他们讲好听的故事，也从他们身上汲取"养分"，源源不断地创作出属于他们的故事。

我想引用一个准"孩子王"的读后感，因为，在潜意识里，我希望这个可爱的实习老师，能够以秦爱梅为榜样，在未来的教育生活中书写属于自己的"奇迹"。王金华老师在《宝贝，你就是那一朵百合花》中说："如果你的家中有个小宝贝，他又正值上学之际，请甜甜地告诉他'小宝贝，上学去'。一家人在静静的夜晚，翻开书，这本书中的故事或许就是你们身边发生的事……'天香百合月'多么富有诗意，百合花的花语中最重要的一个就是纯洁，孩子的心灵，不就是像那一朵朵百合花么？……"

是的，秦爱梅也是盛开在儿童文学百花园中的一朵还带着露珠的百合花，那么恬淡和美丽。她的芳香的文字，会陪伴很多的家长和孩童度过许多难忘的"睡前时光"，温暖童年的心灵，也点亮我们这些已经长大了的"孩子"的眼睛，融化我们已经变成"铸铁"的心灵。

阅读"小宝贝，上学去"的同时，我正好浏览了张纯如的故事，我被这个年轻的历史学者的勤勉和严谨所打动，她为了写好一部书，花好几年的工夫天南海北地搜集资料。那个时候，我想到了秦爱梅——年轻的儿童文学作家。我非常期待，她在灵感迸发，潜心写作的同时，能够一如既往地饱读中外名篇，我相信，她的笔下一定会诞生出不朽的经典之作。

祝福秦爱梅，一路关注，一直期待，永远支持，尽情喝彩！

小丫：古灵精怪、聪明伶俐，看似文静，实际上满脑子稀奇古怪的想法，调皮起来跟小土帽比一点儿也不差。有一次她竟然怀疑她妈妈是外婆从外国捡来的。

小土帽：超级调皮小子，爱臭屁，一个让人既喜欢又头疼的小家伙。每天有他在你身边，保准你笑口常开，如果你的身边少了他，你会觉得像是吃了忘记放盐的食物，淡而无味。

1

小呆瓜：一次他把苹果吃进肚子，然后拼命地喝水，他爸爸问他是怎么回事儿，小呆瓜说，刚才忘记洗苹果，现在得要好好洗洗。

果子老师：有一头长长的头发，跟妈妈一样喜欢念叨，总是一丝不苟。发脾气时特别喜欢闭着眼睛一个字一个字地叫。最让人喜欢的

是，果子老师好像是那会施魔法的仙女，小朋友想什么她总能知道。

胖丫：爱吃甜食，目标是吃更多的甜食而不会蛀牙，最大的爱好就是吃和睡，一次午睡竟然忘记起床。

小核桃：胆小怕事，脚底下的一根绳子都能把她吓得半死。

3

小丫妈妈：喜欢灭小丫的威风，长小土帽的志气，总是命令小丫不许这样那样，但见到小土帽就啥都准。

小丫爸爸：全世界最会讲故事的爸爸。

目录

桃花月1日　星期一

天气：蚯蚓开始松土了

傻乎乎的小呆瓜

　　下课铃刚响，同学们一窝蜂地向饭堂跑去。只有小呆瓜一个人窝在位置上没动，他从早上来就这样趴在桌上。

　　"小呆瓜你趴在那里偷吃啥好东西呢？"小土帽走到教室门口又跑了回来，眼睛一眨不眨地盯着小呆瓜，"你不会是从家里带了好吃的东西，想一个人独吞吧！"

　　小土帽和小呆瓜俩人就喜欢有事没事地相互找碴儿。

　　"没有。"小呆瓜今天一反常态没有大声嚷嚷，而是低声说道。

说完，小呆瓜又继续趴在桌上哼哼唧唧起来。

"那你嘴巴砸吧砸吧地在吃什么？"小土帽有点不太相信小呆瓜说的话。

"我什么也没吃，牙疼。"小呆瓜说，"我决定今天不吃任何东西。"

"为什么呀？"小土帽对小呆瓜的话不是很理解。

"我要饿着。"小呆瓜补充道，"这样我的牙就会不疼了。"

"饿肚子，牙就会不疼吗？"小土帽实在找不出饿肚子和牙不疼有什么联系。

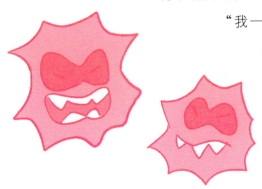

"我不吃东西，牙细菌就会饿死了。你个笨蛋，这你都不明白吗？"小呆瓜提起精神说，"我一定要把它们全都饿死。"

晕死了，第一次听说，牙细菌是被饿死的。

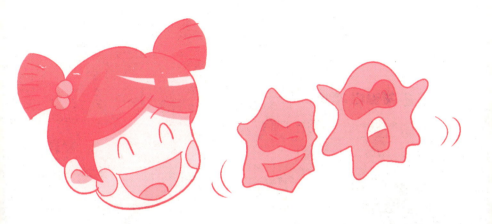

　　小丫问：保护牙齿有效的方法是?

　　妈妈答：一、要养成良好的刷牙习惯。饭后用温开水漱口，早晚各刷牙一次。刷牙的次数不能太多，多了反而会损伤牙齿，刷牙的时间也不宜过长。刷牙要注意正确的方法：顺着牙，竖着刷，刷完里面再刷外面。不可横向来回用力刷，否则会损伤牙龈。

　　二、平时要少吃糖果，尤其是临睡前更不要吃糖，预防龋齿。此外，要注意平时的卫生习惯，不咬手指头，不咬铅笔头等异物，不用舌头舐牙齿。

　　三、如果牙齿有病，应及时就医。遇有蛀牙坏牙，应予修补或拔除。

亲子乐园

看看谁做得对

在做对的小朋友下面打上"√"。

小土帽躺在床上吃饼干，
时钟晚上8点整。

胖丫嘴里吃着
棒棒糖，手上
拿着一盒糖。

小丫在刷牙。

小呆瓜坐在凳
子上咬铅笔。

桃花月2日　星期二
天气：蚯蚓开始松土了

止疼药

我从外面跑回家，脱掉鞋子，刚想
跑进屋，妈妈一把抓住我。我猜，妈妈
在门口就是为了抓我。

唉！看来今天是逃不掉了。其实我也没真的想过要逃，
刚才我就是想试试妈妈的反应是不是很快。

"你跑什么跑，我说过多少遍了，要把鞋子放好，你看
你又把它们乱丢。"妈妈不满意地说。

换作平时我肯定会这样说，"好啦好啦，鞋子没放好有
什么关系，只要穿的时候能找到就可以了。"

不过，今天我可没那个胆，谁让我这次考试考砸了呢。
我可不能为了一时口头上的胜利而让我的屁股受罪。

"今天太阳打西边出来了，小丫头不顶嘴了。"妈妈习
惯了她一句我一句，突然间我变得这么乖，妈妈有点不适
应。

我放好鞋子，一溜烟儿跑进厨房，打开所有的抽屉。我

7

得在妈妈发威之前做好防护工作。

"小丫，你翻墙倒柜地忙活什么呢？"妈妈说，"鞋柜又不在厨房里。"

"我不找鞋，我找药。"说完，我闷不吭声地继续找着。

"你感冒了吗？"妈妈问。

"没有。"我说，"我找止疼药。"

"你哪儿疼了？"妈妈继续问。

"屁股疼。"我说，"现在不疼，可能一会儿就要疼了，我得先吃点止疼药。"

"你怎么知道你屁股一会儿要疼呢？"妈妈不太理解我的话，"你什么时候学会了未卜先知的本领吗？"

"我没有未卜先知的本领，但我是有先见之明。"我说，"等你拉开我的书包，你就明白了。"

妈妈打开我的书包，发现了一张只考了80分的试卷。

"你的确有先见之明，赶紧找止疼药吧！"妈妈看着80分的试卷眼睛都绿了。

　　小丫问：蚯蚓有什么作用？

　　妈妈答：蚯蚓是一种身体细长柔软的环节动物。全身由许多相似的体节组成。它生活在土壤中，长期的穴居生活，使它的头退化，没有眼。蚯蚓以土壤中的动植物碎屑为食，经常在地下钻洞，把土壤翻得疏松，使水分和肥料易于进入而提高土壤的肥力，有利于植物的生长。

9

亲子乐园

找不同

帮小丫找出下面两幅图中不同的地方，要仔细看哦！

下次结婚我还来看你

放学后，我和妈妈一起去参加了她同事女儿的婚礼。

新娘子可漂亮了，穿着洁白的裙子。

我也有一件洁白的裙子，但是没有新娘子的长。新娘子的裙子真的好长好长，有好几个小孩在后面帮她举着。

新娘子化的妆比电视里的大明星还要漂亮，就不知道她洗了脸后还会不会和现在一样漂亮。

记得我第一次看见小土帽的妈妈时，觉得小土帽不是他妈妈生的，因为小土帽的妈妈可漂亮了——弯弯的眉毛，红扑扑的脸蛋，嘴唇的颜色也特别好看。我怎么看也想象不出，这么漂亮的妈怎么会生出像小土帽这么土的孩子。

小土帽说，他妈妈这么漂亮是画出来的，不是长出来的。她妈妈每天出门前，总得花上几十分钟的时间化妆，画眉毛，画眼线，抹口红等等。

经过小土帽这么一说，我总算明白了——画出来的人就是比长出来的人好看。

先不管她洗脸后漂不漂亮，只要现在漂亮就行了，不过，让我觉得唯一美中不足的是——新娘子好像不太会走路，因为整个晚上她都要人搀着。那个一直搀着她的叔叔脾气真好，不但没有发一句牢骚，还一会儿就哈哈地笑。

吃了一会儿，大家都站起来举杯祝福新娘子，我也站了起来。

有的人说，"祝他们喜结良缘，白头偕老。"

有 的 人说，"祝他们永结同心，幸福一生。"

有 的 人说，"祝他们新婚愉快，早生贵子。"

听着大家祝福的话，胸

前戴红花的叔叔和穿洁白婚纱的新娘都忘记把一直张着的嘴巴合上了。

可不知道为什么听了我的祝福后，胸前戴红花的叔叔和穿洁白婚纱的新娘有点哭笑不得的样子。记得我是这么说的，"姐姐，你的婚纱真漂亮，下次你结婚我还要再来看你。"

我想，大概是因为我只赞美了新娘的婚纱漂亮，没有赞美她长得漂亮。可是我还没见过她洗脸后的样子，你让我怎么赞美呢？果子老师说过，"做人得诚实，说谎可不是好孩子。"

小丫问：婚纱在款式上分为哪几种类型？

妈妈答：婚纱在款式上分为公主型、蓬裙型、拖尾型、贴身型、王后型。

亲子乐园

涂颜色

给下面的婚纱涂上你喜欢的颜色。

桃花月4日　星期四

天气：暖暖的风

忘记喊，预备开始了！

下课了，我觉得很无聊，眼睛在教室里随便逛了逛。

"胖丫，我们玩个假装说坏话的游戏好不好？"我看到胖丫也用眼睛在教室里瞎逛。

"假装说坏话的游戏？"胖丫歪着脑袋看着我说，"听着好像挺好玩的。"胖丫一定是觉得我的主意很不错，因为我一点儿也没看出她不想参加这个游戏的样子。

"胖丫你好胖呀，胖得有点像猪八戒。"我说。

"小丫，我又没惹你，你为什么说我像猪？"胖丫气呼呼地说，"我看你瘦得像个鬼似的。"

"我是瘦鬼，你就是胖鬼。"我也

15

有点不高兴了，明明说好是假装玩的，胖丫怎么可以当真呢？

"我是胖鬼，你就是个野鬼。"胖丫好像完全忘记我们在玩游戏这回事儿了。

"我是野鬼，你就是个大魔鬼。"胖丫已经把游戏当成真的了，我也不能再假装了。

"我是大魔鬼，你就是个吃人不眨眼的恶鬼。"胖丫狠狠地瞪了我一眼说。

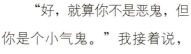

"你才是吃人不眨眼的大恶鬼呢。"我也狠狠地瞪了胖丫一眼。

"我不是，你才是。"

"我不是，你才是。"

"我不是，你才是。"

"好，就算你不是恶鬼，但你是个小气鬼。"我接着说，"说好是玩假装说坏话的游戏的，你却当真了。"

"你又没喊预备开始。"胖丫不服气地说。

对了，我的确忘记喊预备开

始了！难怪胖丫把游戏当真的了。

　　小丫问：世界上有鬼吗？

　　妈妈答：世界上没有鬼，那是迷信、不科学的说法。

亲子乐园

三国志游戏

你想玩三国游戏吗？把图中三国里的人物用线连起来，你就会到达三国了。

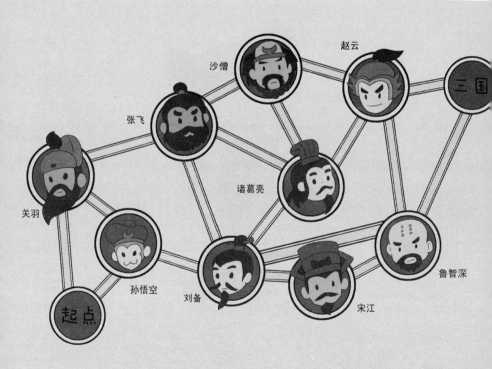

桃花月5日　星期五
天气：看到一只蝴蝶停落在迎春花上

要爸爸有啥用

快到三八妇女节了，大家有事没事地就说起有关妈妈的话题。

"小呆瓜，你家是妈妈好还是爸爸好？"下课了，坐在小呆瓜后面的小土帽，揪着小呆瓜的衣领，他总是喜欢用这样的方式和同学打招呼。

"当然是妈妈好了。"小呆瓜扭过头自豪地说。

说完，小呆瓜干脆直接转过身，和小土帽面对面地坐着。也对，换了谁一直扭着脖子说话，都会觉得很不舒服。真不知道，如果脖子长反了，会发生什么事。

"我觉得也是妈妈好。"小土帽说，"我爸爸动不动就对我发脾气。"

"我爸爸发脾气时还会瞪眼睛。"小呆瓜说。

"我爸爸发脾气时也喜欢瞪眼睛。"小土帽接着说，"瞪好眼睛他就会摸腰间的皮带。"

"我爸爸摸着皮带时还会假装咳嗽一下'嗯哼'！"小呆瓜说。

"'嗯哼'好了是不是就会把两个袖口向上折？"小土帽问。

"你怎么知道得这么清楚？"小呆瓜说。

"我爸就是这么做的。"小土帽说。

"我怎么觉得我俩好像是一个爸的呀？"小呆瓜说。

"可能我们的爸是双胞胎，因为其中一个太调皮了，刚生下来就被送人了。"小土帽寻思着，"被送走的那个不是你爸就是我爸。"

"嗯。"小呆瓜很赞同小土帽的话。

"不说爸爸了，还是夸夸我们的妈妈吧！"小土帽提议道。

"我的妈妈很勤劳，我的早饭都是妈妈帮我做的。"小呆瓜说。

"我的妈妈也很勤劳，我的早饭也都是妈妈帮我做的。"小土帽说。

"我的妈妈很细心，每次我睡着后她都会帮我重新盖好被子。"小呆瓜说。

"我的妈妈也很细心，每次我睡着后她也都会帮我重新盖好被子。"小土帽说。

"我的妈妈很温柔，每当我做错题目她都会很耐心地讲给我听。"小呆瓜说。

"我的妈妈也很温柔，每当我做错题目她也都会很耐心地讲给我听。"小土帽说。

"你们说什么说得这么起劲儿？"小呆瓜和小土帽很少能在一起说这么长时间的话，平时他们说不上三句话就会吵翻天了。胖丫觉得他们一定在说什么好玩的事。

"胖丫，你来得正好。"小呆瓜说，"你家是妈妈好还是爸爸好？"

"妈妈生了我，当然是妈妈最好了。"胖丫说。

小呆瓜觉得胖丫的话有道理，接着问，"小土帽，那你是谁生的？"

"当然是我妈妈生的呀！"小土帽说。

"怎么连男孩也是妈妈生的，那要爸爸有啥用呢？"看小呆瓜惊讶的样子，他肯定一直以为男孩子都是从爸爸肚子里生出来的。

小丫问：第一个国际三八节是什么时间？及意义？

妈妈答：1911年的3月8日为第一个国际劳动妇女节。国际妇女节是在每年的3月8日为庆祝妇女在经济、政治和社会等领域做出的重要贡献和取得的巨大成就而设立的节日。同时，也是为了纪念在1911年美国纽约三角工厂火灾中丧生的140多名女工。

亲子乐园

学做康乃馨

三八妇女节快到了，让我们亲手折一朵康乃馨送给妈妈吧！方法很简单的哦！相信你一定行！

1. 剪两片圆形和一片五星形的不织布，要用那种狗牙剪刀哈。这个不需要纸型的，自己随便剪就是了。

2. 把两片圆形叠起来，一起缝，缝中间一圈，那种很稀的针就行。

3. 然后把线用力拉。

4. 缠紧，是不是就有康乃馨的雏形了。

5. 叶子也是同样的缝法。

6. 然后拉紧。

7. 把康乃馨包起来，然后缠紧。

8. 用锥子从中间戳一个洞。

9. 把铁丝穿过去，前面记得打个结哦，然后稍微整理一下花瓣,完成!

10. 放入一块泡沫，然后把康乃馨插进去就好了，插卡片的夹子也是用铁丝弯的。

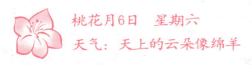

桃花月6日　星期六
天气：天上的云朵像绵羊

马上就来

"小丫，开始做作业了吗？"吃完早饭就在厨房忙活午饭的妈妈大声问。

妈妈的厨艺虽然不咋地，不过每次做饭的态度还是好的，基本都是吃完早饭就忙午饭。因为早点做，烧煳了还可以重新做第二次，晚了的话，午饭就泡汤了。

"马上就来。"我一边玩着拼图一边答应着。

"小丫，你怎么还没做作业？"到客厅拿东西的妈妈看到我在玩拼图，有点不高兴了。

"马上就来。"我说，"拼图还差最后一块就完成了，果子老师教导我们说，'做任何事都不能半途而废，从小得养成坚持不懈、持之以恒的好习惯'，我得把拼图拼好。"

"嗯。"不知道妈妈是认为我的话有道理，还是被果子老师的话给吓住了，因为她也喜欢把果子老师说的话搬出来吓唬我。总之她没说不，也没有摇头。

"小丫，拼图好了怎么还不去做作业。"妈妈可能觉得一个人待在厨房特没意思，一会儿又从厨房跑出来。我想，她大概是想我作业早点做完，去厨房陪她说说话。

"马上就来。"我捂着肚子冲进了卫生间，"我大便好了就去。"

"你的事可真多。"妈妈不满意地说。

"上完厕所赶快做作业，别磨磨蹭蹭了。"妈妈听到客厅里有了响声，推断我已经上好厕所了。

"马上就来。"我边收拾被我撞倒的茶几边答应着。

"你这又是干什么？"妈妈看到倒在地上的茶几和泼了一地的茶水发脾气了，"你究竟还有多少个'马上就来'？"

"……"

"你怎么不说话？问你话呢，你到底还有几个'马上就来'？"妈妈挑着眉头看着我，"你可不可以一次性把你的'马上就来'完成好？"

"……"

"你故意气我是吗？故意装听不见不回答我的问题是吗？"妈妈在客厅里来回走着，走几步还故意跺一下脚。

她大概忘记了我是我，我不是爸爸，就算她把地板跺个大洞我也不会去哄她的。

我继续收拾着客厅，一句话也不说。

"啊……"妈妈看着一句话也不说的我，突然大声尖叫起来，不知道的人还以为我在欺负她呢。

果子老师说过，自己做错了事，得勇于承认错误，不管别人怎么说你、批评你、数落你都不可以顶嘴。

　　看来，妈妈把果子老师的这句话给忘记了，否则她应该会明白我为什么一句话也不讲。

　　小丫问：天上的云是怎样形成的？

　　妈妈答：云是水蒸气上升遇冷所形成的在空中悬浮并成团聚集的微小水滴或冰晶。

月　　　　日　　　星期

天气

　　亲爱的小朋友们，相信在这个星期你也一定有很多好玩
的趣事吧！说出来大家一起分享哟！

智力大冲浪

一、关于婚纱的说法错误的是？

① 婚纱面料多为毛、棉、麻、丝绸或有丝绸感的面料，如：缎布、厚缎、亮缎等。

② 2010年春夏，国际标准色权威 Pantone 公司经过对纽约设计师的寻访，提取了10种色彩作为女装的流行色，其中包括紫罗兰、极光黄、松石绿、珊瑚粉、番茄色、鲜蓝色、香槟粉、托斯卡尼浅褐、橄榄绿、桉树灰。

③ 1840年，英国的维多利亚女王结婚时穿的婚纱，拖尾长达18英尺。

④ 世界上最长的婚纱达2160米。

二、选出说法错误的。

① 1907年起，开始以粉红色康乃馨作为母亲节的象征，故今康乃馨常被作为献给母亲的花。

② 康乃馨是西班牙的国花。

③ 康乃馨在我国是一种最平凡最常见的草花，名花谱上向来没有它的位置。唐朝王安石《咏石竹花》曰："春归幽谷始成丛，地面纷敷浅浅红。"

④ 康乃馨，大部分代表了爱、魅力和尊敬之情，红色

代表了爱和关怀。

三、关于蝴蝶说法错误的是？

①　全球有记录的蝴蝶总数有17000种，中国约占1300种。

②　中国蝴蝶种类丰富，尤其是在热带地区。

③　世界上最小的是灰蝶，展翅只有15毫米。

④　蝴蝶是昆虫中的一类。蝴蝶、蛾和弄蝶都被归类为鳞翅目。

四、选出下列说法错误的。

①　茶属双子叶植物，约30属，500种，分布于热带和亚热带地区。

②　我们一般所说的茶叶就是指用茶树的叶子加工而成，可以用开水直接泡饮的一种饮品。

③　茶叶与咖啡、可可并称为世界三大饮料。

④　绿茶、黄茶、白茶、清茶、红茶、紫茶为我国六大茶系。

答案：

1. ④ 世界上最长的婚纱达2160米。

2. ③ 康乃馨在我国是一种最平凡最常见的草花，名花谱上向来没有它的位置。唐朝王安石《咏石竹花》曰："春归幽谷始成丛，地面纷敷浅浅红。"

3. ② 中国蝴蝶种类丰富，尤其是在热带地区。

4. ④ 绿茶、黄茶、白茶、清茶、红茶、紫茶为我国六大茶系。

桃花月8日　星期一
天气：今天总算有点春天的感觉了

告状

　　午餐时，大家和往常一样安安静静地吃着香喷喷的饭菜。

　　或许看了这句话后，你们心里要嘀咕，学校的饭菜会是香喷喷的吗？

　　我的答案是：那当然了！

　　虽然学校的饭菜不能和五星级大酒店的美味佳肴相媲美，但如果你们也有一个不太会做饭的宝贝妈，那你就会认同我的说法了。

　　"哇……"吃得好好的小呆瓜，大声哭起来。

　　大家对这突如其来的哭声好像一点儿也不觉得奇怪了，依然埋头继续吃着碗里的饭。这里我需要

说明一下，并不是同学们没有同情心，而是小呆瓜总喜欢整一些让别人觉得莫名其妙的事，大家已经见怪不怪了。

如果你听到小呆瓜在厕所里大叫，那就表明他嗯嗯时忘记带纸了。

如果你听到小呆瓜在课堂上大叫，那一准是他发现了教室里闯入了异类，比如：蚂蚁、蝴蝶、蜜蜂、小鸟之类的小动物。

如果你听到小呆瓜在体育课上大叫，那大概是他被球砸到或是他把石头当球踢了。

"小呆瓜，你怎么了？"果子老师问，"怎么哭了？"

唉！果子老师真是不长记性！

记得上次吃过饭后，同学们都在午休，小呆瓜也像刚才一样"哇"的一声大哭起来，结果你猜怎么着？

他说，他梦见小土帽把他的旋转陀螺给抢走了。不知道小呆瓜今天又会说出怎样令人惊叹的事呢。

"哇哇哇……"看着果子老师关切的眼神，小呆瓜哭得更厉害了。不知情的人准以为发生了什么悲惨的事呢。

"到底什么事？"果子老师有点急了。

"我要告状。"小呆瓜捂着嘴巴边哭边说。

"告状？"果子老师有点不明白小呆瓜的意思。

"嗯。"小呆瓜点点头说，"我要告咬我舌头人的状。"

"谁咬你舌头了？"果子老师脸都变了，咬人舌头可不是闹着玩的。没了舌头还怎么说话呢。

"它。"小呆瓜用手指了指自己。

晕！别人咬他舌头，他干吗又指着自己呢？真不知道小呆瓜哪根神经搭错了。

"谁？"果子老师脸上一丝笑容也没有，不知道哪个倒霉鬼得要挨批了。果子老师最不喜欢同学之间打闹搞不团结了。

"就是它。"小呆瓜张开嘴巴指着他的大门牙说，"刚才就是它咬我舌头的。"

"啊？"果子老师拿小呆瓜一点儿办法也没有。

小丫问：蝴蝶是昆虫吗？

妈妈答：蝴蝶是昆虫。世界大约有7000余种，大部分分布在美洲，尤其在亚马逊河流域品种最多，在世界其他地区除了南北极寒冷地带以外，都有分布，在亚洲台湾也以蝴蝶品种繁多著名。

亲子乐园

猜一猜，画一画

　　小朋友，让爸爸妈妈帮你读出谜语，你猜猜，然后画出谜底。

　　　　　　　四柱八栏杆，

　　　　　　　住着懒惰汉。

　　　　　　　鼻子团团转，

　　　　　　　尾巴打个圈。

三八节的礼物

果子老师告诉我们，今天是三月八日妇女节，让我们准备一些节日的礼物送给妈妈或者帮妈妈做一些简单的家务活。

果子老师的话像扔在平静湖面上的石子，即刻教室里如同飞来了100只麻雀，叽叽喳喳炸开了锅。

"我画一幅画送给妈妈。"喜欢画画的小核桃歪着头，嘴角边露出一丝甜蜜的笑容。我想，小核桃大概是想象着她妈妈收到礼物开心的样子。

"我给妈妈捶捶背。"小呆瓜做了一个双腿下蹲、弯着胳膊、紧紧握双拳的姿势，以示他有力气。可惜他不知道，他那样子像极了蹲茅厕嗯嗯。

"……"小核桃嘀嘀咕咕地也说了句，大概只有她自己才能听得清楚的话，反正我是一个字没听到，确切地说，我是半个字也没听到。

我想，会不会是小核桃想出了一个与众不同的办法，不想和大家一起分享呢？

哦！天啦，我这样想别人不就是以"小人之心度君子之腹"了吗？我怎么能做小人呢？不行，不行，我得找个理由打败刚才的想法。

我赶紧在脑海里百度与小核桃有关的事，真是"功夫不负有心人"，终于在搜索快结束时，脑海里出现了小核桃分我草莓蛋糕吃那温馨的一幕。

事件就这样解决了，我不用做小人，小核桃也不是小气鬼了。我迈着轻松的步伐回家了，一路上我已经想好了要帮妈妈做的事儿。

"妈妈，我帮你打扫卫生吧？"我拿着一块抹布高举过头顶，兴致勃勃地说。

"小丫头，今天是中哪门子邪了？"妈妈适应了懒懒的我，面对勤劳的我，一时难以接受。

唉！失败呀，从妈妈的反应分析，在她心目中我不是一个勤劳的好孩子，以后我得好好反省一番，加大努力，力争改变我在妈妈心目中懒惰的形象。

"嘻嘻嘻……"可能是今天心情太好了，妈妈的话钻进我脑子仅仅停留了大约一秒钟的时间就又飞了出去；若是在平时，妈妈的话会在我大脑里睡一晚才肯走，有的话甚至要睡好几个晚上呢！

"这小妮子怎么想一出是一出呢，今天太阳打西边出来了吗？"妈妈推开窗户看了看外面的太阳——夕阳的余晖染红了白云，还替它们镶上了亮晶晶的金边，周边的白云一会儿就幻成了玫瑰的晚霞。太阳的的确确是在西边，不过是从西边落而非出。

我拿着抹布，扭着屁股，哼着小曲从妈妈面前走了过去，笑而不答。

大人有时也挺奇怪的，明知道太阳是从东边升起，西边落下，但为了不在孩子面前丢失面子，硬是要故弄玄虚一番。

瞧！心慌的妈妈，一会儿叫我小丫头，一会儿叫我小妮子，接下来还不知要喊我小什么呢。让我颇为担心的是，接下来妈妈会不会喊我"小妖精"？不想了，想了也白想，我又不能把妈妈的嘴巴像我家的大门一样，咔嚓一声给锁上。

有一点，妈妈比我强——就是挺有自知之明的，真想好好夸夸她，奖励她一朵小红花贴额头上。她知道就算和我说到明天的现在，也说不出所以然来，因为我不想说的事儿，就算别人怎么问我也不会说。妈妈说我长大了能当地下党，至于地下党是什么，我不是很清楚。

"妈妈，卫生工作已经差不多完毕了，这是您的乖女儿送您的节日礼物。"我挥舞着手中的抹布，想显摆一下我的功劳。

"哦！好啊！你都打扫了哪些地方？"在厨房做饭的妈妈没太在意刚才我打扫了哪些地方。

"我擦了桌子，擦了马桶，现在该去擦晚上吃饭用的筷子了……"我耐心地解释道，说完拿着抹布准备擦筷子。

"啊？就用这一块抹布吗？"妈妈指着我手中的抹布问道。

"嗯啊！"

"啊……"不知为啥，妈妈跌倒在桌子底下。

小丫问：什么是地下党?

妈妈答：民主革命时期，中国共产党在国民党统治的地区和日本侵略军侵占的地区，秘密进行革命活动的党组织，通常称为地下党。

亲子乐园

欢庆会

小丫要去城堡参加3月份节日的欢庆会。请你帮助小丫避开怪兽走入城堡。

桃花月10日　星期三

天气：池塘里的小蝌蚪游来游去

形容词有好也有坏

今天果子老师教了我们一些词——美丽的、可爱的、苗条的、讨厌的、慈祥的、威武的、雪白的、强壮的、诚实的、听话的、精明的、聪明的、善良的、诚恳的、友好的、高贵的、温和的……

比如：看到一个化了妆的阿姨，我们可以在"阿姨"前面加上"漂亮的"三个字，称为"漂亮的阿姨"；看到一个有点胖的姐姐，可以在"姐姐"前面加上"可爱的"三个字，称为"可爱的姐姐"；看到一个很瘦的姐姐呢，可以在"姐姐"前面加上"苗条的"三个字，称为"苗条的姐姐"……

我们觉得果子老师教我们的这些词挺好玩，也挺有意思的。于是，我们把这些词就叫作好玩的词，可果子老师反复强调说，这是形容词，不是好玩的词。

不管三七二十一，当着果子老师的面，我们说它是形容词；果子老师不在时，我们继续称它为好玩的词。

45

"嗨！可爱的胖丫！"

"嗨！酷酷的小呆瓜！"

"嗨！善良的小核桃！"

"嗨！勤劳的小土帽！"

"嗨！聪明的小丫！"

上课时，只听见果子老师一直像炒豆子似的巴拉巴拉说个不停，害得我们都没展示的机会。终于盼到下课了，同学们相互间迫不及待地用好玩的词打起了招呼。

玩了一会儿后，我发现了一个秘密，一个连果子老师都不知道的秘密——大家似乎都很乐意听到在称呼前加上一个好玩的词。当然我也不例外，当听到"酷酷的小呆瓜"喊我

"聪明的小丫"时，我的心里像喝了满满一大碗蜂蜜，脸上像开了朵世上最美的花。

好玩的词，真是个不错的东西。

放学的路上，我一个人觉得太无聊了，就想找一个人说一说在学校还没说过的那些好玩的词。

"慈祥的老奶奶！"运

气还真是不错，刚走一会儿对面就走来了一位老奶奶。我怕老奶奶听不见，挥舞着双手大喊着。

"这谁家的孩子，真懂礼貌。"

"真是个乖孩子。"

"这孩子看上去一脸机灵样儿。"

"……"

路上的行人对我是赞不绝口，纷纷向我投来了赞扬的目光。今天是我第二次喝蜂蜜了，嘿嘿，感觉真不错！我想把这种感觉一直延续到家。

我睁大眼睛四处搜索着，不想错过任何一次说好玩词的机会。

"威武的叔叔！"我看着前面一个穿着军装的叔叔，赶紧追了上去。

"小朋友你是叫我吗？"军装叔叔露出洁白的牙齿，微笑着看着我。

"嗯嗯嗯。"我像小鸡啄米似的点了点头。

"有事需要我帮忙吗？"绿色军装叔叔仍然是一脸灿烂的笑容。

"没没没。"我的头摇得像拨浪鼓。

军装叔叔和我挥挥手，说了声再见。

"讨厌的叔叔！"刚和军装叔叔分手走到小区时，一个戴着墨镜把整个脸遮去一半的叔叔从我旁边经过，我激动得又挥舞着双手大叫起来。

"小家伙，你说谁讨厌呢？"
不知道为啥，墨镜叔叔听了好玩的词不但没有夸奖我，还摘

掉墨镜大吼起来。摘掉墨镜的叔

叔比戴着墨镜更可怕，左眼睛只看见白珠

子，看不到一丁点儿黑珠子。

"我不是说你是坏人，雪白眼珠子独眼龙叔叔。"我记得电影里把一只眼的人都叫作独眼龙。我想，把叔叔说成电影里的大明星，他肯定会高兴起来。

"臭毛小孩，你骂我是瞎子。"没想到，墨镜叔叔听我喊他"雪白眼珠子独眼龙叔叔"比刚才还要气愤，两只手紧紧握成拳头状，吓得我抱着头哭着跑回了家。

"小丫，你怎么了？"妈妈看着哭得可怜兮兮的我，以为发生了什么惊天动地的大事儿。

我断断续续地把刚才发生的事，告诉了妈妈。没想到妈妈非但没有安慰我，还哈哈大笑起来。

小丫问：戴墨镜的叔叔为什么会生气呢？

妈妈答：因为形容词包括褒义词（表示好的意思），贬义词（表示坏的意思），"讨厌"、"独眼龙"都含有贬义，所以戴墨镜的叔叔当然会生气了。

亲子乐园

海军服

　　小朋友你见过海军叔叔穿的衣服吗？
请你给下面的衣服涂色。

桃花月11日　星期四
天气：小池塘露出了小酒窝

天底下最好玩的游戏

　　今天是一个特别的日子，或许你要问我，今天既不过年又不过冬会是什么特别的日子呢？今天是我爸爸出差回家的日子，当然很特别的了。因为一年365天我爸爸待在家里的时间可不多的哟！我把爸爸待在家里陪伴我的日子都称为特别的日子，所以今天是个特别的日子。

　　当知道爸爸今天回家的消息后，我乐得差点飞上天，就差女巫骑的扫帚，不然我真的飞上天了。

　　每次爸爸回来都会和我玩一个好玩有趣的游戏，至于玩什么怎么玩，谁先想到就听谁的。因此，在爸爸还没到家

51

之前我得好好思考一番，得想一个谁也没玩过，天底下最好玩的游戏。

究竟玩什么好呢？我托着下巴冥思苦想着，看着客厅里闹钟上的秒针跑了一圈又一圈，我还是没想到世界上最好玩的游戏。想东西真是件费神儿的事儿，我的头都快炸开了，不想了，等爸爸回来问我，我就说不知道。

"丫头，想到好玩的游戏了吗？"不一会儿，爸爸风尘仆仆地赶回来，行李还没放下，第一件事儿就是问我这个问题。

"不知道。"我摇了摇头。

"那等我洗过澡后我们一起想想。"爸爸边说边走进了卫生间。

"不知道。"我又摇了摇头。

"你这孩子，爸爸问你话，你怎么都说不知道呢？"妈妈有点不理解我的意思。

"不知道。"我仍然摇了摇头。其实我知道，当爸爸问我有没有想到好玩的游戏时，我应该说，想到了或者说没有，但我也不知道为什么，脱口而出就是不知道。

"你这孩子把'不知道'当万能了吗？什么问题都可以用'不知道'来回答吗？"妈妈好像挺不满意我现在的表现，看那神色像是要把我一口吞下去，可惜她不是妖怪。

　　"不知道。"我觉得这样说挺好玩的。

　　妈妈看着我，无奈地摇摇头走开了。

　　太好玩了，我说了几个"不知道"就让总是喜欢唠叨的妈妈自动自觉地闭上了嘴巴，这又是一重大的发现。不知道真是太神奇了，我真为自己无意中的发现而感到骄傲。

　　"不知道"还有哪些功能呢？得试了才知道。这一发现真的很及时，既让唠叨的妈妈闭上了嘴又解决了我的燃眉之急，真是一箭双雕、一举两得。现在我终于想到和爸爸玩什么了，就玩"不知道"的游戏。

　　"丫头，现在想到玩什么游戏了吗？"爸爸边用毛巾擦头边和我商量着，"如果你还没想好，就我们一起想了。"

　　"不知道。"我说。

　　"什么不知道？"爸爸说。

　　"不知道。"我说。

　　"什么什么不知道？"爸爸的语气没有刚才温和了。

　　"不知道。"

　　"小丫她妈，孩子是不是哪里不舒服？怎么一个劲儿地说不知道？"爸爸想从妈妈那儿找出我一直说"不知道"的原因。

"不知道。"没想到，妈妈给了爸爸一个既大又硬的钉子。

"丫头，你妈刚才还好好的，怎么一下子像换了个人似的，脾气陡长几丈？"爸爸又反过来，想从我这儿找出妈妈发脾气的原因。

"不知道。"我的答案依然没变，还是三个字——不知道。

"你这孩子究竟怎么了？有什么不满的事儿可以直接说出来，别一个劲儿地说'不知道'。"一向不对我发脾气的爸爸终于按捺不住自己的性子了。

"不知道。"我继续说着这三个令爸爸捉摸不透又头疼的字眼。

"天啦！今天到底是什么日子啊？怎么一家人只会说'不知道'？"爸爸呼天喊地地长吼一声。

"不知道"还能有哪些功能呢？

那就是——能让脾气很好的人也发脾气。

现在你们知道天底下最好玩的游戏是什么了吗？

那就是—— 一问三不知。

　　小丫问：如果一个孩子13岁，13年中只过了3个生日，这个孩是几月几日的生日。

　　妈妈答：这个孩子是2月29日过生日，因为只有闰年2月才有29日，每四年闰年一次。

亲子乐园

盘子上也能飘云

实验材料：锅1个、热水、装着小冰块的盘子1个。

实验步骤：把热水倒进锅里，将装有冰块的盘子放在水蒸气的上方。

结论：不一会儿，盘子上方就会出现一朵云。

桃花月12日　星期五

天气：油菜花地里飞满了蜜蜂

100遍 "人"

"撇。"

"撇。"

"捺。"

"捺。"

我们竖着右手的食指，跟着果

子老师进行 "人" 字的竖空练习。

"'人'字太简单了，用得着一遍

又一遍地竖空练习吗？"小呆瓜小声嘀咕着。

"刚才谁说话了？"果子老师不高兴地皱起眉头。

哈哈！小呆瓜真是不幸，那么小声还是被果子老师听到

了。

"是我。"小呆瓜老老实实地从座位上站了起来。

"把你刚才的话再说一遍。"果子老师的话听起来不冷

也不热。

"'人'字太简单了，用得着一遍又一遍地竖空练习

吗？"小呆瓜傻乎乎地把刚才的话又重复了一遍。换作是我，我定会把刚才的话稍加修改一下，"竖空练习真好，一会儿工夫就能学会一个生字。"

小呆瓜真是傻得可爱，其实果子老师并不是真的让他把刚才的话再说一次。因为大人生气的时候都喜欢正话反说，果子老师是大人，她也生气了，她刚才的话当然就是正话反说的意思呗！

唉！全世界大概只有小呆瓜一个人听不明白了。

"'人'字抄写100遍。"果子老师脸上看不到一丝笑容。

其实大家都知道果子老师只是吓唬吓唬小呆瓜，并不会真的让小呆瓜抄写100遍。

"太简单了。"小呆瓜不知死活地说，"抄200遍都没问题。"

"100遍不抄完今天就甭吃饭了。"果子老师脸色逐渐由红转变为煞白。

看果子老师的脸色，现在谁也说不准，果子老师刚刚那句话还是不是单纯吓唬小呆瓜了。

刚才还捂着嘴巴偷笑的大家，现在都埋下头不敢吱声了，生怕果子老师再补充一句——某某某你也一样，100遍抄不完今天就甭吃饭。

"其他的人，把今天刚学的生字抄写两遍。"幸好，果子老师"口"下留情，并没有迁怒于我们。

大家还是有自知之明的，面对果子老师的仁慈，我们自觉地在本子上一笔一画、工工整整地抄写着。

"果子老师我好了。"小呆瓜举着手坐在位置上。果子老师告诉我们说，有事要先举手，得到她的同意后才可以做。

"100遍都好了？"果子老师似乎十分不相信小呆瓜的话。说实话，我也不信，这么一会儿工夫最多写10个字。

"都好了。"小呆瓜笑嘻嘻地用手戳了戳课桌上的本子。

"拿过来我看看。"耳听为虚，眼见为实，果子老师真聪明。

小呆瓜拿着本子昂首挺胸地走了过去，那神情像是在昭告全班—— 一会儿等着看果子老师表扬我吧！我想，他大概是忘记了，他现在可是被惩罚的对象。

"啊……"果子老师看完小呆瓜的作业本子，一直用左手抱着头，用右手拍打着胸口，一句话也说不出来了。

一个大大的"100人"出现在小呆瓜的本子上。

　　"这是100，这是人字，加起来就是100遍人。"小呆瓜很认真地指着本子解释着。

　　这样的100遍我还是第一次见，无语了！

　　听了小呆瓜的解释，我们的果子老师受到了严重的打击，不知道什么时候跌倒在讲台下。

　　小丫问：我们国家有多少人？

　　妈妈答：我们国家约有13亿人口。

亲子乐园

自制温度计

实验材料：玻璃瓶1个、用墨水染过颜色的自来水、蜡笔、橡皮泥、透明吸管1根、剪刀、硬纸板1片。

实验步骤：

1.在瓶子里倒大约3／4体积的染过色的自来水。

2.把吸管插进瓶子里，把橡皮泥塞在瓶口，在固定住吸管的同时将瓶子密封起来。

3.小心地朝吸管中吸气。水会进入吸管，然后慢慢上升。当吸管中的水上升到瓶口上方时，停止吸气。

4.将硬纸板对折，在上面剪两道小口。把硬纸板穿在露在瓶子外面的吸管上。

5.在硬纸板上记下吸管中的水位。

6.把这个自制的温度计放在太阳下面。

结论：

吸管里的水柱在温度较高的环境中会上升，在温度较低的环境中会下降。

桃花月13日　星期六

天气：花丛中的蝴蝶看上去心情不错

开灯关灯

放学回到家，我丢下书包刚玩了一会儿就听到妈妈在我耳边嘀咕："小丫，今天日记写了吗？"

"没呢。"我答应道。

"那还不快点写。"妈妈巴不得学习时的我是个超人，能一个人完成三个人的作业。

"嗯。"我打开书包拿出了日记本。

今天写什么好呢？

好人好事已写过。

抓坏人也写过。

旅游也写过。

玩过家家也写过。

老鹰捉小鸡的游戏也写过。

剪刀石头布也写过。

下课了抓蜜蜂放在别人书包里也写过。

我把日记本哗啦啦地从前翻到后，又哗啦啦地从后翻到

前，就是想不起来写什么好。

　　如果你要问我，这样哗啦啦地翻多少次了，我的答案是——不知道。

　　如果日记本也能像跳绳一样有个计数器，那我就能很快地回答你的问题了。我暗自下决心，等我长大了一定要发明一种安置在日记本上的计数器，这样就可以方便以后写不出日记而从前翻到后又从后翻到前的小朋友，能很快说出自己到底翻了多少次。

　　想着想着，黑夜已悄然来临，我打开了灯。

　　因为写不出日记而心烦，我又关了灯。

　　我突然发现开灯关灯是一个不错的游戏，就这样我重复着关灯、开灯这两个动作。

　　玩了一会儿，我觉得今天的日记有东西写了。

　　我在日记本上写着：

　　天黑了我开灯，心烦了我关灯。天黑了我开灯，心烦了我关灯。天黑了我开灯，心烦了我关灯。天黑了我开灯，心烦了我关灯。

　　……

瞧！一篇史上空前绝后的日记就这样诞生了，现在我终于明白了，果子老师为什么一直强调——写作的素材来源于生活，取源于生活了。

亲身体验，写出来的东西就是不一样，你觉得呢？

小丫问：电灯是谁发明的？

妈妈答：电灯是美国发明家爱迪生发明的。爱迪生（1847～1931）是举世闻名的美国科学家和发明家，被誉为"世界发明大王"。

他除了在留声机、电灯、电话、电报、电影等方面的发明和贡献以外，在矿业、建筑业、化工等领域也有不少著名的创造和真知灼见。

亲子乐园

小灯泡亮了

亲爱的小朋友们，你们是否想做一回小小发明家呢？按照下面的步骤赶快行动起来哦！

实验材料：末端裸露的铜线5根、回形针4枚、柠檬5个、带有灯座的1.5伏特小灯泡1个。

实验步骤：

1. 把四个回形针插入4个柠檬中，在回形针上绑上铜线，再将铜线裸露的末端插到另一个柠檬中。

2. 把没有插入柠檬的铜线连接在灯座上。

结论：

小灯泡亮了。铜线和回形针之间在柠檬酸中发生了化学反应，使得电子从一种金属流向了另一种金属。

月　　　日　　星期

天气

　　亲爱的小朋友，今天你有什么好玩的事儿呢？赶快记录
下来和大家一起分享哦！

智力大冲浪

一、下面属于三月份的节日有那些？

① 国际海豹日。

② 世界水日。

③ 国际消费者权益日。

④ 母亲节。

二、下面哪本书不属于四大名著？

① 《红楼梦》

② 《西游记》

③ 《水浒》

④ 《假如给我三天光明》

三、为什么要在积雪上撒盐，说法错误的是？

① 加速雪融化。

② 雪水中含有氯化钠不宜结冰。

③ 为了让雪不融化。

四、谁发明了电话？

① 英国发明家瓦特。

② 英国人贝尔。

答案:

1. ① 国际海豹日。

   ② 世界水日。

   ③ 国际消费者权益日。

2. ④《假如给我三天光明》

3. ③ 为了让雪不融化。

4. ② 英国人贝尔。

100分要留到学期结束

"大家赶快坐好，我看到果子老师夹着一叠东西从办公室出发了。"胖丫根据她看见的情况推断道，"果子老师大概要发昨天的考卷。"

"老师有这么快就改好试卷吗？你就糊弄人吧！"小土帽向门外瞟了一眼，连只麻雀都没有，更别提一个大活人了。

"就是，你除了吃，还有一本领就是会糊弄人。"小呆瓜跟在小土帽后面瞎起哄。

胖丫瞪大眼睛、抖着腰，恨不得变成女巫，念几句咒语把小呆瓜和小土帽一起变成讲不了人话的癞蛤蟆。因为胖丫最讨厌别人说她除了吃什么都不会。每个人都有自己的缺点，每个人心里也都

70

知道自己的缺点，但就是不想从别人嘴里听到自己的缺点。

让我觉得不可思议的是，小呆瓜、小土帽今天竟然没有继续和胖丫吵下去，只是坐在位置上挤眉弄眼而已。

"请同学们坐好，我要发放昨天的考卷。"当我扭过头时，果子老师已经走进了教室。

刚才觉得不可思议的事儿终于有了答案了，猫来了，老鼠们当然不敢放肆了。

果子老师依次叫着同学们的名字，发到小呆瓜的试卷时，果子老师皱了皱眉头。

"小呆瓜，考试前你不是答应果子老师要好好考的吗？"果子老师看了看试卷，又看了看小呆瓜，终于忍不住问了句。

"嗯。"小呆瓜点了点头答应道。

"可是你怎么考了这么一点分数呢？"大概为了顾及小呆瓜的面子，果子老师没有把小呆瓜的分数说出来。

"我是答应果子老师和妈妈要考100分的。"小呆瓜把头抬了起来，吞吞吐吐道，"可是……我现在不能考100分。"

"只要你说出原因，老师不会怪你。"果子老师尽量让自己的语气

显得柔和些，"为什么不能考100分呢？"

不但果子老师觉得小呆瓜奇怪，我们也觉得纳闷，难道考100分也得看时间吗？

"果子老师您说过，只要我学期末考100分，您就会奖励我奖状。"小呆瓜认真地解释着，"可是您没说，现在考100分也奖励我奖状，所以，我要把100分留到学期末再考。"

小呆瓜的一番解释令果子老师目瞪口呆、张口结舌，无语了。因为果子老师的的确确就是这样承诺小呆瓜的——学期末考100分就会奖奖状。

小丫问：唐代诗人贺知章描写柳枝的诗句？

妈妈答：

咏柳

碧玉妆成一树高，

万条垂下绿丝绦。

不知细叶谁裁出，

二月春风似剪刀。

亲子乐园

涂色游戏

亲爱的小朋友，把下面的猫涂上你喜欢的颜色。

桃花月16日　星期二

天气：金灿灿的油菜花远远看上去像一座金色的小山坡

多种职业的果子老师

朝辞白帝彩云间，

千里江陵一日还。

两岸猿声啼不住，

轻舟已过万重山。

果子老师和大家一起朗诵着唐代诗人李白的《早发白帝城》。

看着大家都很陶醉的样子，果子老师露出了欣慰的笑容。

我有一条长辫子，我从来也不洗。

有一天我心血来潮，拿它去河边洗。

你手里拿着大刷子，我用力用力洗。

不知怎么哗啦啦啦啦，跳出了一堆鱼。

忽然，教室里出现了一个不和谐的声音。

果子老师刚才还喜笑颜开的脸霎时变了样，有点像那压

74

扁的面包，让人一看就没食欲了。

"谁？是谁？刚——才——是——谁——的——声——音？"果子老师已经好久没闭着眼睛这样一个字一个字地发脾气了。

"是胖丫。"

"胖丫在摸她的小毛驴。"

"不对，胖丫是在摸她的小辫子。"

大家你一言我一语地提示，果子老师终于找出了不和谐声音的来源——胖丫拨弄着小辫，陶醉在自己的歌声中。

我们最喜欢看果子老师处理人了。果子老师和别的老师不同，她处理人从来不骂人，但是她说的话会让你觉得很好笑，可是当着她的面你又不敢笑，只有等到她离开教室时才能笑，到时你想怎么笑就怎么笑，哈哈哈、呵呵呵、嘻嘻嘻任你自由发挥。

"胖——丫。"果子老师又闭起眼睛。

"刚才谁喊我的？"看来，胖丫自我陶醉的情况还是十分严重的，果子老师巨大的威力都没能震撼她，可想而知她陶醉的程度了。

"我喊的。"果子老师气得鼻子眼都冒烟了。

"喊我干吗呀？"胖丫显得有点不耐烦了，仍然继续拨弄着她的辫子。

"胖丫。"果子老师深深吸了一口气，把那快要燃烧的怒火暂缓了一下下。

"你喊着不嫌烦，我听着都烦了。"胖丫看上去对自己的辫子特别满意，摆弄辫子的手一刻也没停下来，不耐烦地说，"总喊着我的名字，又不说话。"

"胖丫，现在我命令你把手停下来，把头抬起来。"胖丫的举动令果子老师实在忍无可忍了。果子老师大概做梦也没想到，一向比较听话的胖丫今天竟然会做出让她大发脾气的事儿。果子老师不得不装着一副面目可憎的样子。

在果子老师的再次施压下，胖丫终于清醒了，看着大发雷霆的果子老师，胖丫吓得恨不得找个洞藏起来，或是骑上女巫的扫帚逃走。

"告诉你们，如果你们上课拨弄头发，我就会变成理发师拿起剪刀咔咔咔，把你们的头发剪得光光的。"看样子果子老师是准备把我们一起教训一通。

当胖丫听到咔咔咔时，紧张地摸了一下她心爱的小辫子。

"告诉你们，如果你们上课总是摸自己衣服上的线头，我就会变成缝纫工，拿起剪刀咔嚓咔嚓，帮你剪去衣服上多余的部分。"果子老师伸出食指和中指做出剪布的样子。

看着裤腿上冒出一根长线头的小核桃，赶紧缩回了刚伸出去的手。

　　"告诉你们，如果你们上课总是叽叽喳喳说个不停，我就会变成女巫让你们变成冬眠的青蛙，整整一个冬天都不可以讲话。"果子老师恨不得现在就变成女巫然后骑上扫帚念念咒语看着我们变成青蛙，然后她哈哈大笑一番。

刚想打小报告的小呆瓜，吓得缩起脑袋用手紧紧地捂着嘴巴。谁也不愿意变成一只只会呱呱呱的青蛙。对了，冬眠的青蛙大概连呱呱呱也不能说。

"告诉你们，如果你们上课总是装病，我就会变成医生给你扎针。"果子老师想了想又补充了一句，"如果你们说话时一个劲儿地哦哦哦，我也会让你们变成冬眠的青蛙。"

平时总喜欢装头疼不想上学，又喜欢在每句话的结尾加上一个"哦"字的小土帽吓得吐了吐舌头。

如果果子老师变成女巫没来得及变回来人的样子就要给我们扎针，那多可怕呀！动动脚指头都可以知道，女巫用的针肯定比一般的针头长一百倍，不过说实话我还真想看看女巫扎针的样子，不过我可不愿意做试验品。

"告诉你们，如果你们……"

"丁零零丁零零……"铃声就像春天里的雨，太宝贵了。果子老师不得不停止了她的"如果"。

咩！我们的果子老师真了不起，什么职业她都能干，长大了我也想做一个像果子老师这样的人——理发师、缝纫工、医生、女巫……

虽然我很想知道果子老师还有多少个"如果"，但是我的尿快憋不住了。

小丫问：声音超过多少分贝就是噪音？噪音对人体有哪些害处？

妈妈答：声音大于60分贝为噪音。经常处于噪音环境，会引起听力下降、心血管功能失调和内分泌紊乱等疾病。噪音还能造成中枢神经紊乱、大脑皮层抑制失去平衡，严重的会出现精神忧郁，甚至诱发精神病。

亲子乐园

纸人跳舞

嗨！亲爱的小朋友，和爸爸妈妈一起玩一个纸人跳舞的游戏吧！

实验材料：彩纸、围巾、塑料圆筒、剪刀。

友情提示：用剪刀时，一定要注意安全哦！

实验步骤：

1.用剪刀把彩纸剪成小人。

2.用围巾反复摩擦塑料圆筒。

3.用塑料圆筒靠近彩纸小人。看啊，小人跳起了舞。

结论：因为围巾与塑料圆筒摩擦时会产生静电，而产生的静电可以吸引微小的物体。

桃花月17日　星期三

天气：天空中忽然飘起零星小雨

呀呀呀

从昨天知道了果子老师能胜任不同职业的那一刻起，胖丫没有再拨弄自己的小辫子了、小核桃也不乱摸衣服上的线头了、小呆瓜也不打小报告了、小土帽也不装病了……果子老师很满意大家现在的样子，不一会儿嘴角就露出一丝微笑。

"大家今天的表现我很满意。"果子老师不住地点头，笑容也显得那么的灿烂。

"告诉你们，如果……"

"不好，果子老师又要说如果了。"小呆瓜一声惊叫后赶紧捂着嘴巴，他一定是想起了冬眠的青蛙。

"呀。"小土帽呀了一声。

听到小土帽呀的一声后，小核桃赶紧捂着裤腿上冒出的线头，小土帽捂着自己的屁股，小呆瓜捂着嘴巴的手一直没拿开。

"别呀了，我要告诉你们的是，如果大家以后一直像刚才一样，我就很开心，也不会发脾气。"看着大家紧张兮兮

81

的样子，果子老师忍住笑说。

虚惊一场，原以为果子老师又要说如果我们这么不听话，她又会变成什么什么，我拍了拍一直扑通扑通乱跳的心。不过我很想知道，如果我变成孙悟空，果子老师会不会变成如来佛?

"呀，原来是这样。"小土帽再一次的呀声打断了我的思绪，把我从孙悟空、如来佛那里拽了回来。

果子老师看了一眼小土帽，没说什么。

"现在我们继续上课，今天我们要学习一篇关于科学家的课文。"果子老师指着挂图上的人物。

"呀，这就是科学家呀，我看科学家和普通人没啥两样呀。"小土帽不以为然地说。小土帽大概觉得自己比科学家更了不起，像是自己已经发明了很多对人类有用的东西，对人类做出巨大的贡献。

果子老师看着小土帽咳嗽了两声没说话。傻子都知道，果子老师并不是真的感冒了，而是用咳嗽声提醒小土帽不可以再呀呀呀呀的了。

"呀，果子老师你感冒了。"不知道啥原因，小呆瓜的傻气传给小土帽了，他愣是没能领会果子老师的意思，还是一直呀呀呀个不停。

"小土帽你……"果子老师大概是忍无可忍了，实在没办法对小土帽呀呀呀熟视无睹了。

"呀，果子老师你也发现我说话不一样了是吗？"小土帽洋洋得意地说，"我不说'哦'了耶，果子老师你不让说，我就不说。"小土帽说完精神抖擞地站着，大概是想等着果子老师表扬他一番。

"不说'哦'了，就说'呀'吗？我什么时候说可以呀呀呀个不停？"果子老师瞪着眼睛，提高嗓门责问道。

"你只说不许说'哦'，没说不可以说'呀'。"小土帽觉得自己很委屈，眼泪吧嗒吧嗒地掉了下来。

83

"呀，你干吗哭呀？"果子老师一句话用了两个呀。

看着哭泣的小土帽，果子老师有点不知所措。

小丫问：人为什么会流眼泪？

妈妈答：眼泪是一种液体，是人在伤心难过或者过于激动高兴时从眼睛里流出的液体，味道略咸。

亲子乐园

神秘迷宫

亲爱的小朋友，让爸爸妈妈一起陪你玩走迷宫吧！

桃花月18日　星期四
天气：雨后空气中弥漫着一丝泥土的气息

流水账日记

果子老师总是说小呆瓜的日记是流水账，我不知道流水账日记是什么样子，我很想知道。从果子老师的口气不难听出，流水账日记应该不是什么好东西。不过，我还是有种想写篇流水账日记的冲动。因为：一、完成自己一直没能做成坏学生的遗憾；二、对流水账日记充满了好奇；三、想看看，果子老师看到我也写流水账日记后的反应。

下课了，我拉拉小核桃的衣角悄悄地问："你知道流水账日记是什么样子吗？"

"不知道，我没写过。"小核桃四下看了看低声说，"我也想写篇流水账日记，就是不知道流水账日记怎么写。"

看来对流水账日记充满好奇心的人不止我一个。

"你们神神秘秘地嘀咕什么呢？"胖丫的大嗓门打断了我和小核桃的谈话。

"胖丫，你知道流水账日记怎么写吗？"我们抱着一丝希望，想碰碰运气。

"流水账日记？我不知道，真的不知道，我保证我不知道。"胖丫头摇得像拨浪鼓似的连连说了三个不知道，而且语气一次比一次坚定有力。我知道她不想别人误会她是个坏学生。

看来，要想清楚地了解流水账日记到底是什么样，怎么写，还得请教一下小呆瓜了。

幸运的是，小呆瓜毫不吝啬地把日记本借给了我，我随便翻了两页：

3月15日　星期二　天气：太阳
2:00 我起床尿尿。
2:01 尿好了我上床继续睡觉。
2:30 我翻了个身，觉得口渴了。
2:35 喝完茶，上床继续睡觉。
3:00 我又起来尿了一次。
3:02 可能是刚才喝茶了，尿的时间比刚才长了一分钟。
4:00 突然间想起，书包还没整理，起床把书包收拾了一下。
4:05 收完书包，继续上床睡觉。
5:00 妈妈的尿尿声惊醒了我。
5:30 我好像迷迷糊糊地睡着了。
6:00 床头的闹钟响了起来。

6:30 我起床洗脸刷牙，吃饭。

7:00 我背起书包上学。

....

....

....

3月16日　星期三　天气：小雨

今天妈妈在超市买了一些苹果，回到家后，我洗了一个，洗完了我就咬了一口，然后又咬了一口，接着又咬了一口，就这样咬了一口又一口，直到把苹果都吃完不好再继续咬了。吃完了一个，我还想吃，于是我又拿了一个苹果，洗了一下，洗完了我就咬了一口，然后又咬了一口，接着又咬了一口，就这样咬了一口又一口，直到把苹果吃完不好再继续咬了。吃完了一个，我还想吃，于是我又拿了一个苹果，洗了一下，洗完了我又咬了一口，然后..............

....

....

....

....

....

　　看完小呆瓜的流水账日记，我尝试写流水账日记的念头一下子就没了。

　　原来我煞费苦心一直想尝试的流水账日记就是这样

的——不是累死，就是被撑死。也就是说，想写流水账日记就得像小呆瓜能吃，能半夜不睡觉瞎折腾……

小丫问：怎样才能写好日记？

妈妈答：把自己一天中的所见、所闻、所感、所做有选择地记录下来，就是日记。很多研究和探讨证明：写日记是提高写作能力的一种行之有效的方法，是一条最佳的途径。写日记是对自己毅力和恒心的锻炼，形成了习惯，习惯又潜移转化为能力，写作水平自然会提高。

亲子乐园

美丽的蝴蝶

亲爱的小朋友，请你帮助小丫找出下面两幅图中的不同之处。至少有5处哦！

桃花月19日　星期五

天气：满园春色关不住，一枝红杏出墙来

十二分的开心

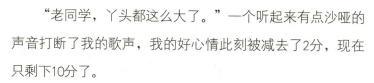

"春天在哪里呀，春天在哪里，春天在那青翠的山林里，这里有红花呀，这里有绿草，还有那会唱歌的小黄鹂，嘀哩哩嘀哩嘀哩哩嘀哩哩嘀哩哩……"在阳光的沐浴下，闻着大自然的味道，哼着小曲，我的心情是十二分的好。

"老同学，丫头都这么大了。"一个听起来有点沙哑的声音打断了我的歌声，我的好心情此刻被减去了2分，现在只剩下10分了。

或许你们认为我可以不去理会这突如其来的声音，说实话我也想装着听不到，但是我心里的小人告诉我，我必须停下歌声，弄清楚这个沙哑声音的主人是谁。更重要的原因

91

是——这个声音减去了我2分的好心情。

"这人是谁呀？"我把满肚子的不高兴全化作了怒
气，"我怎么没见过？"

"哦！老同学，想不到能
在这里遇到你，真是太开
心了。"妈妈慢慢刹了
车，停了下来扭过头对
我说，"丫头，快叫
阿姨好！"

妈妈非但不理会我的话，反而让我和那个声音有点
哑的阿姨打招呼。大人总喜欢自以为是地替孩子擅做主张，
替孩子决定一切，他们总不把我们这些小屁孩的话放在眼
里。想到这儿，我的心情就有点郁闷。10分的好心情此刻又
被减去了2分，只剩下8分。

"阿姨好！"我极不情愿地和那位阿姨打了声招呼，其
实我不是一个不懂礼貌的孩子，只是我的问题还没弄明白，
没心情去迎合别人。

可笑的是那位阿姨还说我乖巧，好像一点儿也没看出我
不高兴的意思，亏她还戴着眼镜。

"这是谁呀？"那位阿姨刚转身我就迫不及待地问道，
因为我太想知道她是谁了。

　　"她是妈妈的小学同学。"妈妈说完叮嘱我道，"以后不管在哪儿看到妈妈和你不认识的人打招呼，你别没完没了地追着问'这是谁呀'、'这是谁呀'，这是极不礼貌的表现。"

　　看来，妈妈一点儿也不满意我刚才的表现，嘟嘟囔囔说了一大堆。

　　有问题不问，那不是傻子吗？还是一个没主见的傻子。大人平时总会教导我们不管做什么事儿，要有自己的主见，可现在有问题又不让问，真搞不懂他们是怎么想的。如果变成大人后，都会变得这么奇奇怪怪，我情愿一辈子做小屁孩，也不愿意长大。

　　"小丫妈，接孩子放学呀！"

　　"这人又是谁呀？我不认识她，她怎么会认识我的？"我用双手搂紧妈妈的腰，伸出脑袋。从妈妈的胳肢窝里看见了一个烫着长波浪发的阿姨正和我妈妈打招呼。

　　"小丫，快叫阿姨好！"妈妈一只手扶着车把，一只手拍了拍坐在后座的我。

　　"这人是谁呀？"我太想知道这个她认识我，我不认识她的阿姨是谁了。

　　"你这孩子，发什么呆？快和阿姨打招呼。"妈妈大概担心别人说她教育的孩子不懂礼貌，又用力拍了拍我的胳膊。

"阿姨好！"无奈，谁让我是人家的女儿呢，当然只有服从的分儿。其实妈妈就算不让我和阿姨打招呼，等我弄清楚了这个阿姨是谁，我也会主动打招呼的，只是时间早与晚而已。

"刚才不是说过的吗？不要当着别人面就问这人是谁呀！"妈妈说了我一通大概觉得还不解气又接着说，"你这孩子，怎么总喜欢和我唱反调呢？就算你不问我，等人走了之后我也会告诉你的，只是时间早与晚而已，你怎么这么没耐心呢？"

哼！还说我没耐心，你才没耐心呢！你怎么就没想到先告诉我遇到的人是谁，然后再让我打招呼呢？这些都是悄悄话，天知地知，你知我知，千万不能让我妈知道，不然我的屁股又得受累了。

"这人是谁呀？"虽然被教训了一通，但我还想知道刚才的人是谁？我这种不到黄河不死心的勇气可嘉吧？

"你爸爸同事的妻子。"妈妈说好等人家走远会告诉我的，这一点她并没有失信。

现在，剩下8分的开心好像已经寥寥无几了，我努力着想把开心恢复到原来的12分，于是我又接着哼着歌儿。

"小丫放学了，有时间去我家玩哦！"一个熟悉的声音在我耳旁响起。

　　"这个男孩是谁呀？我怎么不认识呢？"妈妈刹住车干脆不走了。

　　"好，有时间你也来我家玩，嘟嘟。"哈哈！原来是和我在一个幼儿园的嘟嘟，后来因为他爸爸妈妈工作调动就转学了，想不到今天竟然在放学的路上遇上了。

　　"这个男孩是谁呀？我怎么从没见过？"妈妈一直追着问嘟嘟是谁。

　　"妈妈，当着别人的面别一个劲儿地问问题，这样不礼貌。"我学着妈妈的口气说。

　　"你……你这孩子……"妈妈不知道说什么好了。

　　哈哈哈，看着妈妈无语的

95

样子，我那12分的开心又被我找回来了。

小丫问："满园春色关不住，一枝红杏出墙来"出自哪首古诗？

妈妈答："满园春色关不住，一枝红杏出墙来"出自宋代诗人叶绍翁的《游园不值》。整首诗为"应怜屐齿印苍苔，小扣柴扉久不开。春色满园关不住，一枝红杏出墙来。"

亲子乐园

快乐的小鸟

　　亲爱的小朋友，温暖的春天来了，万物复苏，到处一片欣欣向荣的景象，让我们用灵巧的双手给大自然增添几只快乐的小鸟吧！

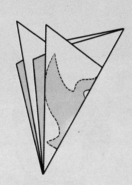

桃花月20日　星期六
天气：东边日出西边雨

还想再要一个妈

今天是周六，所以不用上学。

今天是周六，所以妈妈得做午餐。

可妈妈说，她
不想做午餐。
不过我却不这
么认为，平时
妈妈都只做早饭
和晚餐，午餐不怎么
需要做，她中午在公司
吃饭，我在学校吃饭，
我估摸着，妈妈是不太
会做午餐，她又不想承
认自己不会做午餐，
所以装着说她不想做午
餐。

　　为了不太为难妈妈，我说今天去外婆家吃饭。妈妈一听来劲儿了，并热烈鼓掌，表示赞同我的提议。因为这样她就不需要为做午餐的事头疼了。

　　"外婆！你女儿的女儿来了！"妈妈刚停下车，我撒腿就冲进了外婆家。

　　"这小丫头就知道贫嘴。"外婆双手在围兜上抹了抹，摸着我的小脸蛋亲了又亲。

　　"外婆，可以送我件礼物吗？"我仰着头看着外婆。

　　"当然可以了。"外婆笑眯眯地说，"就算你要天上的月亮，外婆也让你外公去给你摘下来。"

　　"不可以向外婆乱要东西。"妈妈大声嚷嚷着，"外婆年纪大了没钱。"

　　"我要的礼物不要花钱买。"我给妈妈翻了一个大大的白眼。

　　"小丫头想要什么你尽管说。"外婆向妈妈摆摆手，示意妈妈别管闲事。

　　"外婆，你再给我生个妈妈吧！一个妈已经不够用了。"我说，"我想要一个会做午餐的妈。"

　　外婆看了看我，脸上露出为难的神色。

　　我看了看妈妈，妈妈的脸上露出不好意思的神色。

　　我照了照镜子，脸上露出不解的神色。

小丫问：关于月亮的神话故事有哪些?

妈妈答：我国古籍中有许多有关月亮的神话故事，如"嫦娥奔月"、"常羲生月"、"天狗食月"、"吴刚伐桂"等等。

亲子乐园

找不同

亲爱的小朋友，你能找出下面两幅图中不一样的地方吗？

月　　　　日　　　星期

天气

　　亲爱的小朋友，今天你有什么好玩的事儿呢？赶快记录下来和大家一起分享哦！

智力大冲浪

一、不是描写月亮的古诗有？

① 李白的《静夜思》。

② 张九龄的《望月怀远》。

③ 张继的《枫桥夜泊》。

④ 李白的《早发白帝城》。

二、关于眼泪说法错误的是？

① 眼泪来自于泪腺。

② 眼泪产生后，通过泪道排出。

③ 眼泪还能湿润眼球表面。

④ 强忍眼泪对身体有益。

三、下列说法错误的是？

① 居里夫人是法国科学家。

② 钱学森是美国科学家。

③ 焦耳是英国科学家。

④ 张衡是中国的科学家。

四、五色饭是哪个民族的传统食物？

① 壮族。

② 汉族。

③ 苗族。

④ 土家族。

答案：

1. ④ 李白的《早发白帝城》。

2. ④ 强忍眼泪对身体有益。

3. ② 钱学森是美国科学家。

4. ① 壮族。

桃花月22日　星期一
天气：零星小雨

我爱吃水果

　　我爱吃水果，我从小就爱吃水果。每天放学回家，我总要先吃一个水果，还好，我不挑食也不偏食，家里有什么水果就吃什么水果。

　　今天当然也不例外了，放学回到家我拿着一个苹果就往嘴巴里塞。

　　"赶快放下，不可以吃。"妈妈从厨房三步并成两步冲进客厅，大声吆喝着。

　　难道这个苹果是白雪公主后妈送来的，吃不得吗？

可是，《白雪公主》的故事是19世纪德国民间文学研究者格林兄弟编写的童话，现在已经是21世纪了，白雪公主的后妈应该没有穿越时光的本领吧？我真想穿越到19世纪问问格林兄弟，狠毒的皇后有没有穿越时光的本领。

刚才的问题还没想明白，新的问题又来了，头都大了。

或是，牛顿发现万有这个苹果是牛顿发现万有引力的那只苹果，妈妈不让我吃，想把它送到博物馆收藏吗？

但是，牛顿发现万有引力距现在约346年了，如果是那只苹果，早就烂到九霄云外去了。

要不就是，前几天妈妈听同事说，苹果可以用来减肥，想留着自己吃吗？

看着妈妈紧张的样子，我不由得想起了关于苹果一系列的事儿。

"你到底有没有听我说？"我只顾着发呆，忘记了把咬在嘴里的苹果拿下来，妈妈的声音即刻提高了八度。

"我@※△*§@……"我还没来得及把苹果拿下

来，急忙答应道。我担心我再不回答妈妈的问题，以后我就
成了无家可归的孩子了——妈妈头上的火烧得正旺，继续烧
下去房子肯定没了，房子没了理所当然家就没了，家没了，
我就是无家可归的孩子了。我得先灭火，再研究苹果的事
儿。

"你说的是哪国语言啊？"妈妈语气显得越来越不友
好，不知道我俩关系的人，看到她现在的样子，准以为她是
我后妈。

"我是中国人，说的是中国话。"拿掉嘴巴里的苹果，
终于可以把想说的话表达清楚了。

"我都不好意思说了，让你吃东西之前先洗手，可你就
是不听。"妈妈看着我摇了摇头。

"不好意思说，可以用笔写、可以发短信、可以QQ留
言、可以发邮件……交流的方式可多了，怎么就不知道用
呢？平时还总说我笨，我看妈妈也不是很聪明。"我嘀咕
着。

"你神神叨叨地嘀咕什么？"妈妈大概是看到我上嘴唇
和下嘴唇一会儿就碰一下，知道我在自言自语。

"没嘀咕。"我吓得赶紧摇了摇头。

"你看你的手脏得，你什么时候见到我的手像你一样脏
过？"妈妈指了指我的手，接着又抖了抖她的手。

"没有，因为我从来没看到你像我这么大的时候。"我说。

我没撒谎，我真的没看到妈妈像我这么大的时候。

小丫问：牛顿出生于哪里？

妈妈答：牛顿于1643年1月4日生于英格兰林肯郡格兰瑟姆附近的沃尔索普村。

亲子乐园

小小科学家——气球"逃跑"的方向

实验材料：细长绳1根、气球1个、胶带、吸管1根。

实验步骤：

1.把吸管穿在绳子上。把绳子的一端系在门把手上，另一端系在椅子上。把绳子绷紧。

2.把气球吹大，系紧气球的开口。用胶带把气球粘在吸管上。

3.把气球拉到绳子的一端，将系着气球口的绳子拉掉。

结论：气球沿着绳子，向着与气球口相反的方向像箭一般地射了出去。

桃花月23日　星期二

天气：小池塘露出了小酒窝

如果爸爸像我这么大

　　我没有看到过像我这么大的妈妈，当然也没有看到过像我这么大的爸爸。像我这么大的妈妈我已经没有兴趣知道了，除了吃苹果之前洗手，还是吃苹果前洗手。说穿了就是比我手干净一点而已，其他也没什么。

　　我比较对像我这么大的爸爸感兴趣。

　　如果爸爸像我这么大，他会不会和我一样喜欢把臭袜子、玩具、拼图藏床底下？然后，再看着妈妈满屋子寻找，就是故意不告诉妈妈它们的位置，装着一问三不知。相信你们还记得，天底下最好玩的游

戏就是一问三不知了。

　　如果爸爸像我这么大，他会不会和我一样把客厅里有脚的家具都给绕上妈妈打毛衣的线团？这样妈妈才会放下手中的毛衣，陪着我满屋子跑，这可是让正在打毛线的妈妈放下毛衣，陪着我玩最好的办法了。

　　如果爸爸像我这么大，他会不会把温度计放在热茶里，然后拿出温度计告诉妈妈，"妈妈我发烧了，今天可以不用去上学吗？"妈妈看过温度计后，肯定会忙着从手机中寻找果子老师的电话号码，帮我请假。

　　不过这个方法用一次就会永久失效。如果你不听我的劝告非得用两次，那你的屁股被打成两瓣儿，可别来找我。

　　如果爸爸像我这么大，他会不会和我一样爱做梦？梦中抱着枕头喊"妈妈，以后我再也不敢犯错了"。醒来后发现是一场梦，会呵呵地傻笑一番。爸爸的笑肯定比我的还傻。

　　如果爸爸像我这么大，他会不会像我一样喜欢打破砂锅问到底？每次问问题，我就像爸爸，而爸爸却像个孩子，什么都回答不了。我也不清楚是我的问题太深奥，还是爸爸太笨了。如果我问爸爸，他怎么没让妈妈把我生成男孩或是他们的结婚照里怎么没有我，他一准会摇摇头，傻傻地笑。

　　如果爸爸像我这么大，他会不会和我一样穿着鞋一直站在门外，不进屋。然后等着妈妈拿来一把剪刀走过来，因为鞋带被我系了太多的结解不下来，最后只能咔嚓一声彻底解决问题。

如果爸爸像我这么大，会不会担心超市里白雪公主图案的文具盒卖光了，在超市门前硬是恳求大姐姐把刚买的白雪公主图案的文具盒让给我。走进超市才发现，文具架上还有很多一模一样的文具盒好好地躺在那里。

如果爸爸像我这么大，会不会为了能把旧日记本用完，在本子上每隔两字后就画上很多的标点符号——，。、？……，我总觉得画标点符号比写汉字快多了，一眨眼的工夫一张纸就画完了，这样妈妈就可以帮我买新日记本了。

如果爸爸像我这么大，会不会等他爸爸睡着的时候，帮他扎小辫剪头发呢？结果爸爸醒来后会发现他和秃子的区别就是：周围多了那么一圈，其余完全一样。

如果爸爸像我这么大，会不会抢玩具的时候总是失败，因为我的爸爸总是喜欢抢我的玩具玩。如果你问他，怎么总是爱抢我玩具，他一定会说——因为俺小时候没见过啊！

如果爸爸像我这么大，那我家就两个孩子了，一个孩子已经够妈妈累的了，两个孩子会给妈妈增添多余的负担，还是不要节外生枝的好！爸爸继续当他的爸，虽然他总是抢我玩具玩，但更多的时候，他还是能帮妈妈的忙。

　　小丫问：《白雪公主》出自哪本书？

　　妈妈答：最初使用白雪公主这个词的地方是德国著名童话集《格林童话》中的《白雪公主》。

亲子乐园

快乐涂色

亲爱的小朋友，给下面的白雪公主涂上你喜欢的颜色！

桃花月24日　星期三
天气：柳叶儿绿了

我小时候是一怪物

"哇哇哇……"提笔一个字还没写好，就听到从对面王阿姨家传来了撕心裂肺的哭喊声。

"唉！现在的孩子都是小怪物，刚刚我还听到小家伙一直咯咯笑，一眨眼的工夫就晴转多云哭得稀里哗啦。"我叹了口气，真替这些当妈的累。

"丫头，你啥时变得这么懂事了？你小时候也是个怪物呢！"厨房里的妈妈听到我的感慨，勺子忘记放厨房就走了出来。我有点分辨不清妈妈的口气是夸我的，还是嘲笑我的。

"我小时候也是个怪物吗？"我有点不太相信妈妈的话，印象中小时候我身上并没有异类的特征。

"当然了。"妈妈肯定地说，"一次我带你去七星湖坐游艇，排好队轮到我们时却发现没有买票，等我跑到售票处买到票跑回去时，游艇上的人都满了又没位置了。你不依不饶地哭闹着，我说什么也不管用。我抱你，你竟然把两条腿悬空，就是不站在地上。后来你还躺在地上哭着打滚儿。"

妈妈描述的是我吗？我在心中画了一个大大的问号。

妈妈一口气说了一大段，喝了一口水接着说："看到你这么不听话我生气地扔下一句话就走开了。"

"什么话？"我有点好奇。

"丫头，你愿意怎么样就怎么样吧！"妈妈不温柔地说。从妈妈的口气不难推断，当时她的确是气急败坏了。

"然后呢？"

"就在这时，一条游艇划了过来，总算可以带你坐游艇了。"妈妈说。

"问题不是很轻松地解决了吗？"我觉得妈妈有点儿小题大做了，哪有孩子小时候不调皮的呢？孩子就是孩子，发点儿小脾气很正常，若什么事都按照大人的想法去做，那就不是孩子了。

妈妈说："问题就这么解决就不是小怪物了。"

我有这么难伺候吗？我觉得一般情况下，我还算比较乖巧。

"当服务人员把你抱上游艇，脚刚站到船上，船猛然晃动了起来，你就条件反射似的蹦了起来，大哭着说，'我不坐了，我不坐了'。服务人员又赶紧把你抱了下来。"妈妈大概又想起来当时的情景，气呼呼地说，"我生着气，带着你回家了。"

"然后呢？"我猜想，依妈妈的脾气，回到家后一定得扒光我的裤子，把我屁股打成两瓣。

"回到家，你就不哭了，还跑过来搂着我的大腿说，'妈妈，别生气了，下次坐游艇我一定不哭。'"妈妈无奈地叹口气。

听妈妈这么一说，我小时候还真是一小怪物。

小丫问：妈妈，游艇是什么？

妈妈答：游艇，是一种水上娱乐用高级耐用消费品。它集航海、运动、娱乐、休闲等功能于一体，满足个人及家庭享受生活的需要。在发达国家，游艇像轿车一样多为私人拥有，而在发展中国家，游艇多作为公园、旅游景点的经营项目供人们消费，少量也作为港监、公安、边防的工作手段。

亲子乐园

小帆船

　　亲爱的小朋友，和爸爸妈妈一起
折帆船吧！

桃花月25日　星期四
天气：燕子叽叽叽

小呆瓜心目中的女朋友

平时喜欢呱呱呱说个不停的小呆瓜，今天不知道为啥一直托着下巴仰望着天空发着呆。不对，应该是仰望着天花板发呆，现在若想要仰望天空得先揭开屋顶。我想，校长肯定不同意我们这么做。

小呆瓜突然间不咋呼了，我们还真是不习惯。

"小呆瓜。"

我正准备喊小呆瓜，没想到有人先我一秒。我扭头一看，你猜怎么着？说了你们可能不太信，全班34－2个人的嘴巴全处于"瓜"字口型的状态。（减号后的2=我+小呆瓜）

看来，小呆瓜在我们班还是挺有人气的，有这么多人关注他。

"嗯？"小呆

瓜愁眉苦脸地答应了一下。

"你怎么了？"34-2张嘴巴由"瓜"字口型转变为"了"字口型，我只顾着观察同学的嘴型，把要问的话都忘记了。不过，还好了，我想要问的话也是——你怎么了？这个你当然就是小呆瓜了。

现在我只要竖起耳朵仔细听小呆瓜的答案就行。

"我在想，让谁做我的女朋友比较好。"小呆瓜终于把他一直仰望的脸转过了过来——一副快愁死的样子。

"你不是有女朋友的吗？"我记得上个礼拜天，小呆瓜很兴奋地告诉大家，他有女朋友了。他的小表妹就是他的女朋友。他喜欢小表妹做他女朋友的原因，就是小表妹是他小姑家的女儿，有一头乌黑的长发，他喜欢摸小表妹的长头发。

"她现在不是我的女朋友了。"小呆瓜皱了皱眉头说。

"为什么？"

"电视里都是每隔几天就换一个女朋友的呀！"小呆瓜解释道，"虽然我很喜欢小表妹的长头发，也想每天能摸摸她的长头发，可是小表妹总喜欢哭鼻子。如果我让她做我的女朋友，她哭的时候肯定会抱着我，也一定会把鼻涕擦在我身上，我可不愿意我的身上满是鼻涕和眼泪。"

"那你想好让谁做你女朋友了吗？"小呆瓜的话听上去

似乎挺有道理，电视里的哥哥们就喜欢经常换女朋友——如果今天晚上是长头发的姐姐做他们的女朋友；到了明晚再看时又变成短头发的姐姐坐在他们的车上；再大后天看呢？既不是长头发姐姐也不是短发姐姐了，而是烫着波浪发的姐姐正和哥哥在教堂举办婚礼。

"邻居王阿姨家的小豆豆做游戏时总是很听我的话，我让她玩什么她就玩什么：我让她蹲着，她绝不站着；我让她在地上爬，她绝不在地上滚，我觉得换她做我的女朋友是件很棒的事儿。"小呆瓜想了想好像又觉得不妥，"可是，小豆豆总是爱尿床，如果让她做我女朋友，我们睡一起，她把我也尿湿怎么办？"

"那你觉得谁合适呢？"我挺好奇的，小呆瓜究竟会选谁做他女朋友呢？不会是我吧？我可不想做他女朋友，我长大了要给西西表哥做女朋友，西西表哥家旁边有一个超大的超市，那样我可以在冬天吃上夏天的西瓜，在夏天穿上冬天的裙子去参加舞台剧表演。

"小核桃说话的声音就像唱歌一样，如果她做我的女朋友，我每天就可以听到像歌一样动听的声音。"小呆瓜一直紧锁的眉头终于舒展开了。

"可是，小核桃胆子太小了，她一定不敢看冒险片，那样我俩肯定会为抢遥控器而大吵一番。"几秒钟的时间小呆瓜又改变了主意。

"你的意思是小核桃也不适合做你女朋友是吗？"

"我觉得你做我女朋友挺好。"小呆瓜看了我一眼自顾自地嘀咕着，"这样每天会有人帮我做作业，不会的题目你都可以帮我做，考试还能借你试卷看，你不尿床也不会哭鼻子……哈哈哈……"小呆瓜越想越觉得我做他的女朋友再合适不过了，开心地哈哈大笑起来。

"我……"我刚想告诉他，我生气的时候会大发脾气，伤心的时候也会哭鼻子。因为我太不想给他做女朋友了，我要把我留着给表哥做女朋友。

"可是，你只会学习不会做饭，如果你做我的女朋友我肯定会饿死。"在此同时，小呆瓜好像也发现了我不适合做他女朋友了。小呆瓜思考了一番最终做出了决定，"我觉得还是我妈妈做我女朋友最合适，她会帮我做饭，会帮我讲不懂的题目，她不会和我抢玩具，不会和我抢遥控器……"

小呆瓜说了好多好多他妈妈适合做他女朋友的理由。

放学了，小呆瓜兴奋地背起书包一溜烟地跑出了教室，他说，要把这个好消息告诉他妈妈。

小丫问：遥控器是什么？

妈妈答：遥控器是一种用来远控机械的装置。现代的遥控器，主要是由集成电路电板和用来产生不同讯息的按钮所组成。

亲子乐园

可爱的纸偶

小丫要去参加学校话剧演出，请你们帮她做一些纸偶道具。

准备材料：毛线、活动眼睛、美术纸、胶水。

1. 首先，依照手指的尺寸将美术纸卷成圆筒状并粘合。

2. 割出玩偶脸型，贴上活动眼睛并画上表情。

3. 把毛线剪成小段，贴在玩偶头上作为头发。

4. 剪下小块美术纸作为玩偶的衣服。

5. 将玩偶贴在先前的圆筒上。

6. 还可以制作动物图案，也很有趣哟！

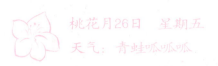

仙子姐姐的礼物

　　"果子老师。"小土帽喊了一声果子老师后，张着嘴巴一直看着果子老师。我想，他大概是忘记把嘴巴合上了，或是突然间想起了什么好吃的东西。

　　"什么事儿？"可能是书本里的故事太诱人了，果子老师边看着书边答应着。

　　"嗯，嗯、嗯。"小土帽不说话，用右手的食指指着张开的嘴巴嗯了嗯。如果不是看到他手上的动作，只听声音，我还以为他要上厕所拉臭臭呢。不过，我也搞不清他要干什么。

　　"你去吧！柜子里有纸自己拿。"果子老师继续看着她手中的书。最近果子老师迷上了一本写小学生心理日记的书。昨天她看书看得入了迷，竟然把粉笔盒当成茶杯了，拿起就准备喝，幸好小呆瓜发现了这一情况，大叫一声"呀"，才阻止了这一切。不过，这次果子老师没有责怪小呆瓜的呀。

哈哈哈，果子老师话音刚落同学们笑爆了。

"笑什么笑？简直是莫名其妙。"果子老师抬起头，清了清嗓子说。

"你刚才不是就要上厕所的吗？怎么还没去？"果子老师发现杵在她面前的小土帽有点奇怪。

小土帽张着嘴巴不说话，用大拇指和食指从嘴里拿出了一个白色的小东西，在果子老师眼前晃了几晃。

"是牙齿。"

"对，我还看到一丝儿血丝呢。"

"哦！掉牙了？！"果子老师恍然大悟笑了笑，"小土帽，祝贺你长大了！"

"呵呵！"缺了牙的小土帽不好意思地笑了笑，用漏着风的声音对果子老师说了声谢谢。

"牙齿放哪儿好呢？"不知道谁提出了这个问题。

"扔屋顶。"

"扔床下。"

"不对，下面的牙齿扔在屋顶。"

"上面的牙齿扔在床底下。"

"送纸篓里。"

"埋在泥土里,明年春天会长出一棵牙齿树。"

"放在枕头下,夜里仙子姐姐会送你一件礼物祝贺你长大了。"小核桃说,"上个礼拜我掉了一颗牙,用纸包好放在枕头下面,第二天醒来牙齿不见了,枕头边多了一个用包装纸包好的日记本,第一页纸上写着:小核桃祝贺你长大了!"

"哇!好神奇呀!"

大家听着小核桃的话,忍不住赞叹起来。大家都想自己现在能像小土帽一样有一颗掉牙。

"果子老师!"小呆瓜用手指了指张着的嘴巴说。

"小呆瓜,怎么了?你也掉牙齿了吗?"果子老师看着小呆瓜问道。

"不是。"小呆瓜摇了摇头说,"我想知道有什么办法让我这颗有一点动了的牙快点掉下来。"

"为什么?"果子老师有点不太理解小呆瓜的意思。

"我想明早起床也能看到枕头旁有一件仙子姐姐送给我的礼物。"小呆瓜认真地说。

看样子,小呆瓜恨不得嘴里的牙齿现在全部掉

光，这样就能拥有很多仙子姐姐送的礼物。

其实，不但小呆瓜这么想着，我们也是这么想的，你们想了吗？

小丫问：人有多少颗牙？

妈妈答：人小时候有20颗牙，也就是说乳牙是20颗，成人是32颗。

亲子乐园

猜一猜

亲爱的小朋友，读一读，猜一猜，把谜底画出来。

这家兄弟真叫多，
整整齐齐站两排，
平时闲着没啥事，
一到吃饭就打呗。

掉牙计划

记得幼儿园大班时，我曾掉过两次牙，也就是说掉了两颗牙。一颗我放在裤兜里，准备晚上回家把它扔在床底下，可是中午一觉醒来就不见了，我怀疑是被哪个家伙拿去故意藏了起来；还有一颗牙我放在空饼干盒里的，第二天早上醒来时也不翼而飞了，我想大概是夜里睡熟的时候被小老鼠给偷走了。因为昨晚吃过甜饼后忘记刷牙了，那颗牙齿还沾着一丁点儿草莓果酱呢！

从那以后我好像再也没掉过一颗牙，也不知道是不是因为刷牙次数太多，把蛀虫都给吓跑了。

从昨天听小核桃说，把牙齿放在枕头下面，第二天早上就会收到仙子姐姐送来礼物的那一刻，我就想着自己也能拥有一颗掉牙。

你知道吗？我现在真的太想有颗掉牙了。哪怕一个蛀牙也好，相信大家都知道，牙齿只要一蛀就会脱落得快些。

我对着卫生间的镜子咧开嘴巴照了又照，找了又找，半颗蛀牙都没发现，更别提一颗了。

怎样才能让我的牙齿掉下来呢？一般的办法肯定行不通，看着镜子里洁白而又坚固的牙齿，我真是拿它们一点儿办法也没有。

对了，我突然想起妈妈经常说的话，"小孩子不能吃糖，糖吃多了会蛀牙。"

妈妈的话不难听懂，意思就是告诉我，糖吃多了对牙齿不好，特别是对小孩子的牙齿不好。

不过，如果想让牙齿早点掉下来，那就得让牙齿不好，要想让牙齿不好，那就得多吃糖。

我真是太了不起了，仅用了吃半颗糖的时间就解决了一个天大的难题。真佩服自己，一点就通。我还得感谢妈妈，要不是她的一句话让我从中得到启发，我也不会这么快就解决眼前的难题。

我从食品橱里搬出装着满满一罐形状各异、味道不同的糖的塑料罐放在枕头旁边。这些糖有的是妈妈同事结婚发的，有的是走亲戚给的，还有的是亲戚们来我家送我的礼物，反正没有一块是妈妈买的，因为妈妈从不让我吃糖。

我先挑了一颗巧克力味五角星形状的糖放在嘴巴里。

哇！真甜啊！

吃了完巧克力味的糖，我又挑了一颗长方形奶油味的糖。

哇！奶油又纯又香，味道真是特别，让人流连忘返，久久回味。

吃完奶油糖，我又挑了一颗心形蓝莓味的糖。

哇！蓝莓味的糖更好吃，酸甜中夹杂着一丝清香，我吃了一颗又一颗，我把所有蓝莓味的糖全吃光了。

吃完所有的蓝莓味道的糖，我又接着吃了几颗圆形苹果味的糖。

吃着吃着我梦见我的牙掉了，接着我看到仙子姐姐送我的礼物。仙子姐姐送我的礼物和小核桃的不一样，不是日记本，好像是一只会动的蚂蚁，小东西在我嘴的四周练习跑步……

"我的天啦！怎么会有这么多的蚂蚁？"蒙眬中我好像听到了蚂蚁两个字。

"蚂蚁是仙子姐姐送我的礼物，谁也不可以乱动。"我迷迷糊糊地说。

"天啦！天啦！谁能告诉我这是怎么回事？"我揉揉蒙眬的眼睛，从手指缝间看见妈妈惊慌失措的样子。同时，我也从睡梦中完全清醒了过来。

你猜怎么着？我的枕头边的确有会动的蚂蚁，且不是一只，而

是一群。可惜，它们不是仙子姐姐送来的，而是闻着糖的气味从四面八方赶来的。

没收到仙子姐姐的礼物，却挨了妈妈一顿臭骂。蚂蚁的不请自到打乱了她去逛街的计划，她要留在家里清洗我的床单和被褥。

小丫问：蓝莓是什么？

妈妈答：蓝莓是一种小浆果，果实呈蓝色，被一层白色果粉包裹，色泽美丽、悦目，果肉细腻，种子极小。

亲子乐园

可爱的草莓

亲爱的小朋友，和爸爸妈妈一起动手折草莓吧！

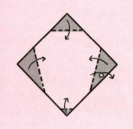
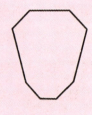
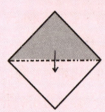
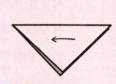

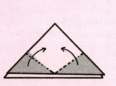
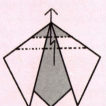

月　　　日　　　星期

天气

亲爱的小朋友，今天你有什么好玩的事儿呢？赶快记录下来和大家一起分享哦！

智力大冲浪

一、关于遥控器说法错误的是？

① 最早的遥控器，是一个叫尼古拉·特斯拉的发明家在1898年时开发出来的。

② 最早用来控制电视的遥控器是美国一家叫Zenith的电器公司，在20世纪50年代发展出来的。

③ 遥控器运用了红外线遥控器原理。

④ 遥控器是摔不坏的。

二、下列说法错误的是？

① 牛顿发现了万有引力定律。

② 牛顿是英国伟大的数学家、物理学家和天文学家。

③ 牛顿创建了经典力学。

④ 牛顿是伟大的生物学家。

三、关于游艇说法错误的是？

① 游艇按大小可分为：36英尺以下为小型游艇、36—60英尺为中型游艇、60英尺以上为大型豪华游艇。

② 游艇按功能可分为：休闲艇、商务交际艇、赛艇、钓鱼艇、辑私艇、公安巡逻艇、港监艇等。

③　游艇按品质可分为：高档豪华游艇、家庭型豪华游艇、中档普通游艇及廉价游艇。

④　游艇按动力类型可分为：无动力艇、帆艇。

四、下列不属于网络交流工具的是？

①　QQ。

②　邮件。

③　MSN。

④　EMS。

答案：

1．④　遥控器是摔不坏的。

2．④　牛顿是伟大的生物学家。

3．④　游艇按动力类型可分为：无动力艇、帆艇。

4．④　EMS。

桃花月29日　星期一
天气：风停留在果子老师的长发上

果子老师要上公开课

　　"这篇文章作者主要运用了哪些手法？他想表达的中心思想是什么？"果子老师边走边嘀咕着。不知道的人还以为果子老师和我们一样，在自己和自己玩过家家，或是果子老师被魔法附体走火入魔了。

　　其实不是的哦！果子老师要上课呢，听果子老师说，一会儿有很多很多的人来听她的课，这些人中有一个大官。在我们学校最大的官是校长，我们都想见一见比校长还大的官长什么样。

　　在我们眼里果子老师可了不起了，她会唱歌，会弹琴，会给我们讲很多有趣的故事，更重要的是她还会和我们一起玩游戏，比如：猫捉老鼠、剪刀石头布、点兵点将等。

　　校长是负责管老师的，那么比校长还大的官就是管校长的！也不知道大官是不是也跟校长一样只会看看报纸，然后双手放在背后在校园里乱走。

　　果子老师是负责管我们的，校长是负责管老师的，按道理校长应该更了不起，可是我从没见过他给我们上一节课，也从没看到他唱一首歌。我看到最多的就是，校长坐在校长室里看报纸，看一些没有图画的书打发打发时间。那些书好像不是很有趣，记得一次我刚好从校长室窗外经过，看到校长手捧着没有图画的书紧锁眉头，直摇头。

校长不看无聊书的时候，就是双手互搭在背后，在校园里走来走去。看到某个老师上课时坐在凳子上，清清嗓子咳嗽几声。那个老师准得立马站起来，也学着校长双手互搭在背后在教室里走来走去。真的很有趣，有点像我们上幼儿园时做的模仿操，老师做一个动作，我们就跟做一个动作。

奇怪的是，今天校长没有在办公室看无聊的书，也没有在校园里走来走去闲逛，而是一会儿就来我们教室，指指这儿，看看那儿，然后和果子老师嘀咕一番；一会儿又站到大门

141

外，看看手表，不时地还用手帕擦擦额头上冒出的汗珠。

啊哈！我终于明白了，大官是负责管校长的。瞧！校长知道大官要来，紧张得冒汗了。我想，他大概也担心大官一咳嗽，他也要学做模仿操。

如果，校长在看无聊的书，大官这样说："今天你要把这本书看完，然后写1000字的读后感交上来。"校长肯定得一头栽地上去。因为我从没听到果子老师在班上读校长写的作文，他肯定写得没我好，要不然果子老师早就把他的文章当成范文在班上读了。

唉！校长原来是我们学校最厉害的人，可惜一会儿就不是了，因为大官快要来了。

第二节课的铃声刚响，看着一群人簇拥着一个个儿不是很高，体型稍胖的中年男子走进了我们的教室。跟在后面的那群人一个个都笑得那么灿烂，校长更是

142

夸张，嘴巴张得比我家盛红烧肉的盘子还要大。

可是，上课的时候大家都在笑，只有校长没有笑，他一会儿就擦擦汗。若是看到小呆瓜一举手，他的汗会流得更快更多，小呆瓜放在教室后面备用桌上用来擦鼻涕的面巾纸全被校长用来擦汗了，整整一包都被校长一个人擦光了。

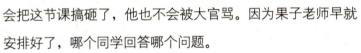

其实，我很想告诉校长让他不要担心，果子老师不会把这节课搞砸了，他也不会被大官骂。因为果子老师早就安排好了，哪个同学回答哪个问题。

唉！校长白白浪费了一包面巾纸！

小丫问：什么是手表？

妈妈答：手表，或称为腕表，是指戴在手腕上、用以计时、显示时间的仪器。手表通常是利用皮革、橡胶、尼龙布、不锈钢等材料，制成表带，将显示时间的"表头"束在手腕上。

亲子乐园

学看日历

请你仔细看日历，按要求把答案填在"（　　）"里。

日	一	二	三	四	五	六
					1	2
3	4	5	6	7	8	9
10	11	12	13	14	15	16
17	18	19	20	21	22	32
24	25	26	27	28	29	30
31						

这个月有（　　）天。

第一个星期日是（　　）号。

这个月有（　　）个星期日。

小丫喜欢在每个月的双数上画上一个笑脸，请你也画一画，并数一数，这个月双数有（　　）天。

桃花月30日　星期二
天气：推开窗户看到一地的桃花

地震演习留下的后遗症

下课了，果子老师刚离开教室一会儿，又火急火燎地赶来了。

果子老师说，她有一件重大的事要宣布。

看果子老师严肃的神情，无须她说，就知道一定是件大事，而且还不是一般的大。

"同学们，今天学校要组织一次地震安全演练。"果子老师低沉沉的声音让我不由自主地想起了几年前5·12汶川大地震，那个黑色五月。

"地震演习在什么时候？"小呆瓜傻傻地问，"那我们的教室就会倒塌了是吗？"

"切！你搞清楚状况好不好。"小土帽手关节有节奏地在小呆瓜的桌上敲了敲，给了他一个大大的白眼，"让你知道时间那还是演习吗？地震演习就是在没有防范、不知道时间的情况进行。每搞一次地震演习，房屋就得倒塌，那谁还敢演习了？"

"今天，不管在什么时间，不管你在做什么，只要听到防震警报的响声就赶紧冲出门外。"果子老师的样子一点儿也不像开玩笑。

"果子老师，如果我们在做作业呢？"胖丫问。

"冲。"果子老师说。

"果子老师，如果我正在回答你的问题呢？"小核桃问。

"冲。"果子老师说。

"果子老师，如果我正在拉尿尿呢？"小土帽问。

"对，对，对，还有如果我在大便怎么办？"小呆瓜傻傻地问。

"提起裤子冲。"果子老师毫不犹豫地说。

"啊，屁股也不擦了吗？"小呆瓜又呆呆地问了句。

"呜呜呜呜呜呜……"还没等到果子老师回答，学校广播里传来了呜呜呜的警报声。可是大家好像一点儿也不害怕。

"小呆瓜，你不赶快逃，钻桌子下面干什么？"我看到小呆瓜双手抱着脑袋钻在桌子下面，远远看去像一只大老鼠，不过他没有吱吱地叫。

"这样房屋倒了有桌子先帮我挡着啊！"小呆瓜继续躲在桌子下面。

"反了反了，你完全搞反了。"小土帽看到了躲在桌子下面的小呆瓜提醒他道。

"反了吗？"小呆瓜边自言自语边调整了方向，"这样藏着就对了。"

"错了错了，完全搞反了。"边跑边用袖口遮住鼻子的小土帽瓮声瓮气地说，"坏人来的演习才是躲到桌子下面不乱动，然后找合适的机会逃出去，现在这是地震演习，你真是笨到家了。"

"是的哦。"被小土帽这么一凶，小呆瓜一下子恍然大悟起来，"这是地震演习不是坏人来的演习，真的搞反了呢。"

"地震演习你干吗用袖口遮住鼻子？"小呆瓜觉得小土帽的声音有点儿不对劲儿，仔细一看，发现小土帽一直用袖口遮住鼻子和嘴巴。

"反了，我当成是火灾演习了。"小土帽把一直挡在鼻子和嘴巴前的胳膊给拿开了，深深地吸了一口气说，"其实错了也没关系，又不是真的地震来了，只是演习而已。"

等我们跑到操场时，其他班级都已经早早地到达了各班指定的位置。让我唯一觉得遗憾的是，负责摄像、拍照的老师已把相机上的按钮给关了，明天我的照片肯定不会出现在学校的网站了。

等我们都安静下来，校长说，今天地震演习大部分班级还不错，极个别的班级拖拖拉拉，照这样的速度真的地震来了，逃生的可能性不大。校长说完，还看了果子老师一眼。那眼神，我们一看就知道啥意思——我说的就是你们班。

看了一眼果子老师后，校长又补充了一句——说不定今天还会有一场地震演习。

我觉得校长这句话是故意说给果子老师听的，言下之意就是——再延误时间我就要扣你绩效工资。

我真想举手对校长说，这一切不是果子老师的错，是小呆瓜和小土帽延误了时间。其实也不能全怪他们，因为三种警报声听起来都差不多，一般人的确难以分清。

　　回到教室，大家谁也不吱声。不知道是因为看到果子老师不高兴还是因为校长的最后一句话——说不定今天还会有一场地震演习。

　　"冲，快冲。"果子老师突然挥舞着双臂示

意大家赶紧冲出教室。

　　随着果子老师的呼喊声，我的耳边好像又传来"呜呜呜呜"的警报声。

　　已经有了一次地震演习的经验，这次没人搞错了，当我们一个个双手抱着头跑到操场时，操场上一个人也没有。当然我也没看到摄像的老师。

仔细听，学校的广播根本没有响，可是我耳边还是听到呜呜呜的警报声。

糟糕！地震演习留下后遗症了，由此推测，果子老师也是因为落下了这个毛病，刚才才会大喊一声"冲啊！"

小丫问：避震知识口诀是？

妈妈答：如果震时在楼房，沉着镇定莫惊慌，躲进厨房厕所间，蜷曲身体靠内墙。如果震时在平房，头顶被枕往外窜，来不及时就地躲，家具桌旁把身藏。

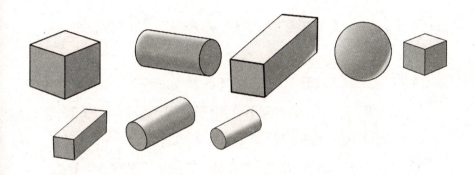

亲子乐园

数一数

亲爱的小朋友，你认识这些图形吗？

长方体	正方体	圆柱体	球体
（　）个	（　）个	（　）个	（　）个

桃花月31日　星期三

天气：柳枝儿婀娜多姿地摇摆着

作业不多也不少

作业的多少真的不是由我们来决定的，一般是由老师来决定。

如果我们表现好，果子老师会少布置一点儿作业。

如果今天某个人惹果子老师不高兴了，那今晚的作业一定会让你写得手腕发酸、眼睛看得发花。

如果明天要考试了，作业会出奇的多，多得你听着就觉得害怕，比如：生字3遍、造句20条、课文抄写3遍默写1遍、扩词4遍。我只说了语文作业而已，其他功课我还没说呢！不说了，提起这些就郁闷。

没有作业的情况也不是没有可能，除非果子老师罢课或是

果子老师突然间得了健忘症，忘记学生要做作业这回事儿。不过这样的情况，大概千年难得一见。

每次放学回到家，妈妈总喜欢这么问："今晚作业多吗？"

如果我说今晚作业多。

妈妈一定会这么对我说："作业多，那就赶紧做，不然做不好。"

如果我说今晚作业不多。

妈妈通常会这样说："作业不多，那就赶紧做好，做好再做点别的练习。"

唉！不管我回答是多还是少，妈妈都会加上那么一句："赶紧做吧！"

我真为作业的事儿，烦透了。

对了，如果我说今晚作业不多也不少，妈妈不就没话说了吗？想象着妈妈听到作业不多也不少这句话时，一定会目瞪口呆、哑口无言，那样子肯定好玩极了。

"今晚作业多吗？"我还没来得及放下书包就听到了妈妈的询问声。

"今晚作业不多也不少。"我得意洋洋地说。

"作业不多不少刚好赶紧做完，吃晚饭。"妈妈说。

"啊……"

小丫问：赞美荷花的古诗？

妈妈答：泉眼无声惜细流，树阴照水爱晴柔。

小荷才露尖尖角，早有蜻蜓立上头。

——南宋 杨万里《小池》

亲子乐园

找不同

请你找出下面两幅图中不同之处，至少有5处哦！